飾飾如意

下

風 文創 1184

觀雁 著

目錄

第二十四章

午睡過後，蘇如意問譚淵。「咱們去找周成嗎？」

「找他做什麼？他有目的，自然會再來的。」譚淵囑咐她。「妳記得，在他沒公開發難前，什麼都不要透露，以免他有所防備。」

果不其然，下午周成派人來找蘇如意去大院兒，說有事要談。

譚淵跟著去，明知周成見到他可能不會說出真正目的，仍是坐在院子對面的長凳上，要求周成把屋門打開再談。

周成道：「譚兄真是看重夫人啊。」

蘇如意面無表情。「周公子找我何事？」

周成手裡拿著帳本，貪婪地看她一眼。一月有餘未見，她怎能一次比一次更動人心魄？

「明人不說暗話，你們夫妻到底去縣裡做了什麼，不會覺得能瞞過所有人吧？」

蘇如意以為周成是要追究她接私活呢，難道開店的事，他也知道了？驚詫之下，神情不由洩漏了一絲異樣。

看在周成眼裡，更確定他們接了其他活計。「想必妳也明白，這在村裡是不允許的。」

蘇如意收斂了思緒。「我們去做什麼，村裡好像也管不著吧？」

周成道：「村裡的確干涉不了。可是，大家明明一起勞作，有福同享，不分高低貴賤，你們夫妻卻瞞著大家私自接活，只顧著自己賺錢，以後譚家在村裡怎麼立足？」

有福同享？這幾個字從周成嘴裡說出來，真是有些諷刺。

蘇如意有意勾他說出目的，猶豫片刻才開口。「那你想如何？」

周成溫和一笑。「既然我私下找妳說這件事，就是不想戳破，讓妳處於尷尬的境地，希望妳能了解我的一片苦心。」

蘇如意的胳膊上起了一層小疙瘩，總覺得他的笑有些令人作嘔。

「你想要我繼續只為村裡效力？」

周成搖頭。「為村裡效力是一定的，但以妳的本事，確實有些屈才，我也不能不給些好處。咱們村子與縣裡的萬寶肆有合作，我與掌櫃也算相熟。妳跟他家往來，我和父親可以睜一隻眼、閉一隻眼。」

蘇如意心裡冷笑連連，繼續提供新品給村裡，然後他拿去萬寶肆賣，從中牟利，簡直是便宜都占盡了，還要別人念著他的好。

不過，她不能領這份情了，就是要逼得周成翻臉。有些事，不破則不立。

她起身，直接了當地開口。「我怕是要辜負你和村長的好意了。以後我非但不會繼續提供新品給村裡，連萬寶肆也不會再去。」

周成臉色一變。「為何？」

蘇如意不緊不慢地道：「你都說了，我們離家一個多月是接了好活計。那位東家說，以後供應給他便可，不想讓別的地方賣我的東西。」

周成咬牙，看著她嬌俏的模樣，又愛又氣，不由上前兩步逼近她。「別不知好歹。」

蘇如意被他嚇一跳，小碎步跑出屋子，鑽到譚淵身後。

「隨你怎麼說，休想再逼我。」

譚淵一手護住她，站起身。「走吧。」

周成厲聲道：「譚淵，你也由著她胡鬧？」

譚淵瞥他一眼。「這是我的夫人，用不著你來管教。」說完，帶蘇如意離開。

周成站在門口，雙拳緊握，是為了蘇如意的違逆，也是因為剛才譚淵那不屑又別有深意的眼神。

兩人走遠後，蘇如意問譚淵。「這回周成肯定會惱羞成怒，揭發我了吧？」

這就是他們的目的。若是直接拆穿周成，誰去點燃村民內心的積壓已久的怨氣？

所以，讓周成先挑起他們的怒火，再讓村民發現，口口聲聲說維護村民利益的父子，才是村中最大的蛀蟲。

一連幾天，周成都沒什麼動作，蘇如意不知他是放棄了還是另有打算，只能耐心地等。

這天，快黃昏的時候，護衛鄭奇忽然來家裡找譚淵。

「譚二，後山有幾處陷阱被破壞了，還留下血跡，不知是不是有狼來過？」

譚淵立刻放下碗筷。「走，去看看。」

譚家人緊張起來，周氏攔住譚淵。「這麼晚了，明天再去吧，多危險啊。」

譚淵不聽她的。「上回狼群襲擊村子就是半夜，如果陷阱不能用，會釀成大禍。」

蘇如意跟著緊張起來。「那也不一定會今夜來吧？」

譚淵已經去屋裡換衣服了。「狼是很精明的，定是來提前打探，上回我碰到的那匹就是如此。」又吩咐道：「鄭奇，你叫護衛們集合，通知村裡的人警戒，男人們不要睡太死，纏好火把，把傢伙放在手邊。」

譚淵要出去，家裡的壯丁只剩下譚威，趕緊開始準備東西。

蘇如意幫譚淵披上斗篷，譚淵卻嫌礙事拒絕了。

她心慌得很，因為一直過得風平浪靜，沒什麼危機感。但真正的危機逼近時，她立刻想到了他的腿。

譚淵已經被狼奪走了一條腿……

「你不能不去嗎？有那麼多護衛呢。」
譚淵見她的小臉都白了，才發現是他太嚴肅，嚇到她了，放柔了表情，捏捏她的手。
「沒事，只是去指揮，護衛都在，用不著我衝上去。我擔著隊長頭銜，這種時候躲在家裡，像話嗎？」
蘇如意第一回主動反握住他的手，指尖冰涼。「你好好的，不要逞強，不能再因為救人而不管自己死活。」
譚淵不想讓她擔驚受怕，卻因她的擔憂泛起喜意。「我也捨不得死，妳好好在家等我。」
蘇如意鬆開手。「少貧嘴，你還藏著我的賣身契呢。我怕你死了，我就永遠不能恢復自由了。」
譚淵笑了聲。「記得妳嫁進來那晚我說過的話嗎？不論生死，妳都是譚家的人。想跑？沒門兒。」
兩人說笑幾句，氣氛沒那麼凝重了。譚淵拿好匕首和弓箭，跟著鄭奇出門。
片刻後，村裡有了動靜，各家各戶忙活起來。
譚星過來陪蘇如意。儘管蘇如意擔心，她也沒辦法逗蘇如意，那可是差點要了譚淵性命的狼，他們一家子的心都提得高高的。

護衛們一共二十人，很快便趕到後山的陷阱處。

幾處鋪平的陷阱被掀開了，但沒有狼的屍體，血跡沿著上山的路滴落。

「你們五個人一組，只進淺處查看搜尋。若有狼的蹤跡，不可動手，趕緊退出來回報，不要走散了。」

護衛隊是村裡最強壯，也有打獵經驗的男人們組成的，每人舉著火把、拿著獵刀，分別朝幾個方向進山。

六子陪譚淵在外頭查看陷阱旁的蛛絲馬跡，忽然聽見樹林近處傳來一聲驚叫。

譚淵臉色一變。「去看看怎麼了。」

六子握緊獵刀衝進去，譚淵走得慢一些，發覺身後有動靜，剛要轉頭，後頸一疼，心裡暗道不好，隨即昏迷過去。

一個黑衣人扛起他，順手拿了枴杖，飛快進了山林。

六子沒有探查出異樣，喊了也沒人應，只能出來，卻發現譚淵不見了。

他繞著外面找了一圈，依然沒看到人影。

等了兩刻鐘，有一隊人回來，仍不見譚淵現身，六子有些慌張了。

「你們有沒有看見譚二哥？」

「譚二上不了山，我們在山裡，怎麼可能看見他？」

「那怎麼辦？人好好的，突然就不見。」六子急得跺腳。「不行，我得進山找找。」

「天完全黑了，現在進山，萬一碰見狼，不是找死嗎？」有人拉住他。「譚二是不是回家了？」

六子不相信。「發生這麼大的事，他怎麼可能自己回去？」

「這裡沒有野獸或打鬥留下的痕跡，應該不是遇見狼。就算譚二腿腳不便，也不可能毫不抵抗。」盧祥作主道：「大家先回村瞧瞧，再做打算。」

天一黑，誰也不敢進入可能有狼的山林。六子沒辦法，只能先跟著回去。

譚家除了小石頭，誰也沒睡。

蘇如意心神不寧，坐都坐不住，忍不住想，譚淵他們是不是在山下碰見狼了，是不是正在與狼搏鬥廝殺？

二更天，敲門聲陡然響起，蘇如意的心一跳，快步去開門。

「六子？」蘇如意往他身後看去。「譚淵呢？」

六子一看她的反應，心裡沈了沈。「譚二哥沒回來？」

「沒有。」蘇如意臉色一變。「你們碰見狼群了？」

聞聲出來的周氏差點栽倒，譚星忙扶住她，急問道：「你快說啊，我二哥呢？」

六子將事情說了一遍。「我只進去一會兒，還不到半刻鐘，譚二哥就不見了。我找半天也沒找到，以為他先回來了。」

蘇如意雙腿發軟，一手死死地抓著門。「難道、難道是被狼……」

六子忙搖頭。「不可能。有那麼多人進山搜尋，要是有狼，也會畏懼他們的火把，不可能直接跑出山外。而且，就算真的碰見了，譚二哥也不會坐以待斃，連喊都不喊一聲吧？狼群要是攻擊他，怎會一點打鬥痕跡和血跡都沒留下？」

他說得有道理，但譚家人都怕啊，周氏忙推了譚威一把。「你快去找村長，讓他叫村裡的爺兒們出去找人。」

譚威應了聲，拿著火把和獵刀跟著六子走了。

蘇如意怔怔看著一片漆黑的夜色，心裡漸漸被恐懼蔓延，為可能發生的結果害怕。

「二嫂，咱們先進去。」譚星的聲音哽咽。

蘇如意感覺臉頰一片冰冷，抬手一摸，不知什麼時候，眼淚落了一臉。

她穿來這個地方，沒有親人，沒有朋友。起初只有譚星對她好，但她把譚星當孩子，與每天跟她同床共枕的譚淵是不一樣的。

她寵著譚星，教譚星本事，卻不能在譚星面前示弱，更無法依賴。不知不覺地，只要身邊有譚淵在，她就覺得踏實。

在這個陌生的地方，唯有譚淵，能讓她感受到一絲歸屬感。

她曾一心想離開譚淵，離開譚家。可是最近未再冒出這樣的念頭，甚至沒去賺私房錢。

她知道，自己已經不想走了。

「我也去看看。」

「二嫂。」譚星忙拽住她。「讓他們找人就行，妳可不能再出事。」

「我又不進山，就是去大院兒看看。」蘇如意片刻都待不下去了，留在家只會更焦慮。

譚星頓了頓。「我幫妳拿斗篷，我們一起去。」

蘇如意跟周氏說了一聲，一手拿著火把、一手牽著譚星，往大院兒走去。

這會兒，村裡到處火光點點，聚在大院兒的人最多，院裡幾乎亮如白晝。

夜色中，蘇如意披著斗篷，眼眶微紅，緩步而來，卻只是站在外圍，並不說話，也不干擾他人。

周成深深看了她一眼，這才振聲道：「大家分開，一批人在村中找，一批人在村外和山下找。若還找不到人，待天一亮就進山。」

蘇如意本想在大院兒等消息，孰料現在院裡只剩下周志坤、周成和幾個老人在議事，便轉身朝門口走去。

周成瞥見她的動作，快步追上來。「妳幹什麼？妳一個女人家，可別逞強。」

蘇如意不耐道：「與你無關。」

「怎麼與我無關了？只要是這個村子的人，我們都要負責照應。妳既擔心，就在這裡等著，或者我陪妳去找。」

蘇如意不想跟他周旋。「我回家。讓開！」

譚星大著膽子瞪周成。「我哥也是村裡的人，周大哥不如趕緊去找，二嫂有我陪著。」

蘇如意不再理會周成，繞過他，帶譚星出了門。

「星星，岳郎中的家在哪裡？」

「怎麼了？」譚星納悶。這時候找郎中幹什麼？

「就算譚淵沒碰見狼，也肯定碰見了什麼事，不然好好的人怎麼會失蹤？我們先買些傷藥備著，以防萬一。」

譚星恍然大悟，二嫂看著慌張，但想得還是很周到。

兩人去了岳家，火把也亮著，可見岳家人並沒有睡。

譚星上前敲門。「岳叔，開門！」

岳郎中披著衣服走出來。「怎麼會是妳們？發生什麼事？」

蘇如意道：「岳郎中，我想買傷藥跟止血藥，還要退燒的藥。」

岳郎中納悶道：「誰病得這麼厲害？」

「沒人生病，您先幫我抓吧。」

岳郎中點頭，讓她們進屋等。

岳瑩和岳夫人聽見動靜，出來招呼。岳瑩問：「這是怎麼了？」

譚星一臉愁容，解釋道：「我二哥帶護衛隊出去，只有他沒回來，護衛們去找了。我二嫂怕他有個什麼閃失，先抓藥備著。」

岳夫人倒了熱水給她們。「那麼多人出去，怎麼就他一個沒回來？」

蘇如意握著杯子的手一緊，她一直心亂如麻，根本沒仔細想過。

她深呼口氣，靜下心。依照六子的說詞，要真是有狼，也是進山的人先碰上。譚淵待在山外，卻出事了？

萬一碰見狼，攻擊跟打鬥也會留下一點蛛絲馬跡。但譚淵悄無聲無息地消失，怎麼想，怎麼蹊蹺。

蘇如意倏地起身。「星星，這是銀子，妳等著拿藥，我再去大院兒一趟。」

還不等幾人喊她，她已經快步出了岳家。

這會兒，蘇如意也不怕黑了，總感覺心裡有一把火，不旺，但細細燃燒著。

她不希望自己的猜測成真。貪錢也就罷了，她真的不敢想，難道那人真會這麼歹毒，去害人性命？

路上，蘇如意碰見正找人的村民，攔住他問：「這位大哥，請問你看見周成了嗎？」

「他在大院兒吧，從傍晚起就一直指揮大家護著村子呢。」

蘇如意又問：「那他沒有離開過村子嗎？」

「沒有啊，我還跟著他挨家挨戶地檢查。」

蘇如意心裡再次動搖，但並未完全打消疑慮，頓了頓，仍是決定去一趟。

周成果然還在大院兒。

蘇如意在門口站了片刻，周成猶豫一會兒，起身走過來。「怎麼了？」

蘇如意緊盯著他。「你是不是盼著他回不來？」

周成心裡一震，神情依然無波。「這是什麼話？譚淵回不來，對我有什麼好處？」

蘇如意道：「你有什麼不可告人的目的，自己心裡清楚。」她指的是周成私自開店一事。他不對她下手，是因為她還有利用價值，便想除掉譚淵，讓她沒了倚仗，只能為他所用。

可聽在周成耳朵裡，卻以為她看出了他對她的心思，根本不知道譚淵已經發現萬寶肆是他的鋪子。

他打量著蘇如意因氣憤而暈紅的臉，忍著立刻向她表明心意，將她占為已有的衝動。

「我知道妳擔心，但也不能胡言亂語。罷了，我不跟妳計較，快回去等消息吧。」

蘇如意沒在周成臉上看出破綻，但懷疑的種子一旦種下，就怎麼也拔除不了了。

第二十五章

蘇如意回了家，卻是一夜未睡。

等天亮了些，她看看趴在桌上睡著的譚星，悄悄將藥包、布條裝進包袱，又去廚房拿了水袋，提起譚威豎在牆邊的獵刀，出了屋子。

她不認得路，也不敢自己進山，便先去找六子。

一夜沒找到譚淵，六子也急壞了，正準備進山找人，聽見蘇如意要一起去，連忙阻止。

「不行，山裡危險。二嫂放心，我找不到二哥就不回來。」

「少廢話。」蘇如意道：「我猜，根本就沒有狼下山。」

「啊？」六子驚訝。「為什麼？」

昨晚從大院兒回去，蘇如意把事情從頭到尾想了一遍。

「三個陷阱都被踩壞，為什麼沒有狼掉進去？既然沒有狼掉進去，怎麼會有血跡？總不可能是有狼掉進去受了傷，又被其他的狼叼出來，逃走了吧？」

六子愣住，昨天事出突然，天色又太昏暗，他們沒細想過。

「如果狼受傷了，自然是慌不擇路趕緊逃，會規規矩矩繞過陷阱，從山路上山？」

恍惚間，六子以為站在他面前的是譚淵呢，支吾半天，道：「那二哥是怎麼失蹤的？」

蘇如意瞧他一眼。「我沒長天眼，正要去找。」

六子拗不過她，只能帶著她去山上了。

不只六子和蘇如意，其他護衛也陸陸續續進山來找人。

盧祥怕有意外，跟著他們一起走，讓六子放心了些。

蘇如意體力不好，何況昨天還熬了一夜，晚飯也沒吃，卻憋著一口氣撐住。

她不敢去想，如果譚淵真的遇害怎麼辦？活了兩輩子，除了父母，譚淵是她最親近的人，哪怕是跟女生，都沒這麼親密過。

雖然兩人未到最後一步，可從她不抗拒睡在他懷裡的時候，其實心裡已經做了選擇，只是還沒準備好罷了。

若真的不喜歡他，怎麼可能夜夜跟他同眠？都跟他這樣了，她還可能嫁給別人嗎？

寒冬的清晨很冷，尤其山裡，但蘇如意爬山爬得鼻尖冒出汗珠。她脫下斗篷的帽子，聽著其他人在各處喊譚淵的名字，卻沒有絲毫回應。

盧祥皺眉。「譚二不可能爬這麼高。」

蘇如意卻不這麼想。譚淵要是有意識，根本不會失蹤。人都失蹤了，還能考慮自己可以爬得多高？

她仰頭往遠處看去，片刻後，抬手指東邊。「那邊是深山嗎？」

盧祥皺眉。「妳想去深山？不要命了？」

蘇如意就是想去。若在這裡找不到人，肯定要去深山找。

「找到了！」

東邊傳來呼喊聲，蘇如意眼裡泛起驚喜，抬腳跑去，卻只看見鄭奇拿著枴杖，並不見譚淵的人影。

「怎麼回事？」

鄭奇搖搖頭。「附近只有這個。」

蘇如意接過，木製的枴杖冰冰涼涼，還沾著露水。

「譚淵果然在山裡。」

盧祥驚疑不定。「他是怎麼爬到這麼高的地方？為何把枴杖扔在這裡？」四周看了一圈。「有血跡嗎？」

「沒有。」

蘇如意將枴杖遞給六子。「我要進深山。願意陪我進去找譚淵的人，不管找不找得到，回去後一人給二百文，多了，我實在拿不出來；想回去也不勉強。謝謝大家幫忙，之後我請大家吃飯。」

六子忙道：「我進去，我不要錢。」

蘇如意無奈地看他，這麼一喊，想要錢的都不好意思了，本來要去的可能也不去了。

「不要錢的也不行。本來就是有危險的事，我過意不去。」

盧祥先出聲道：「我要去。大家跟譚二相處這麼久，誰忍心見死不救？只要進去的人多，就算碰見畜牲也不怕。」

於是，眾人都說要去。不論平時情分，光是那二百文，都夠他們半個月的花用了。

除了在山下搜尋的護衛，加上蘇如意，一共十四個人要上山。護衛將她護在中間，一起朝深山出發。

剛進深山，就在路上發現了血跡。

蘇如意死死咬著唇，不去亂想。生要見人，死要見屍，只要沒看到譚淵，就不能放棄。

盧祥順著血跡，一路往前走。每個人都緊緊握著獵刀，打起十二分精神，時刻戒備。

走了大概一里路，血跡消失了。

大家頓住腳，不敢再大聲喊，也不敢離得太遠，小心翼翼地四處搜尋。

蘇如意觀察一下，因為已經入冬，森林裡光禿禿的，倒是方便找人。

譚淵肯定在山裡，而且不是自己爬上來的，幾乎可以確定，是有人想害他。他不吭一聲地消失，很可能是已經失去意識，被帶上來的。

如果身分對調，被帶進來的人是她，她會怎麼應對？會躲在哪裡？

如果譚淵是她，要在這種情況下找人，會怎麼推斷？

蘇如意從血跡消失的地方看起，樹林裡沒什麼顯眼的東西，最多的就是樹和石頭。

她低頭在崎嶇不平的山路上看了半天，沒什麼特別的，轉而瞧起旁邊的樹。

樹皮乾巴巴的，滿是裂紋。在她瞧到第三棵的時候，瞧見一道非自然的、大概兩寸長的劃痕，位置大概在她的肩高處。

她呼吸一急，這痕跡怎麼看都很新，又仔細摸了。怕是她多想，連著觀察很多棵樹，發現隔三、四棵樹，就會有一道相似的痕跡。

她欣喜異常，這應該是譚淵留下的記號，他或許還活著。

「盧祥，六子，你們快來看。」

蘇如意將幾處記號指給他們瞧。「順著這些記號走，就能找到譚淵了。」

盧祥驚奇地看她一眼，有了方向總比無頭蒼蠅亂撞好，便招呼大家過來。

樹林是一片連著一片的，東西南北都有，所以需要每棵樹都看看。

記號往東南的方向延伸，大概又走了一里的路，盧祥忽然抬手。

「有動靜！」

護衛們一聽，立刻把獵刀橫在胸口處，警戒起來。六子耳朵靈，安靜地仔細聽了片刻，臉色凝重。

「狼叫聲。」

蘇如意的心頓時提起，譚淵很可能就在裡面。

因為不清楚具體情況和狼群數量，大家不敢輕易往前。

六子心一橫，道：「你們在這裡等著，我去打探。」

蘇如意拉住他。「你一個人哪行，萬一碰見狼怎麼辦？」

「聽聲音還有一段距離，我需要靠近聽聽，到底有多少狼。」六子清秀的臉蛋有點紅。「放心，我跑得快。」

雖然擔心，但僵持在這裡也不是辦法。蘇如意只能叮囑六子，千萬小心。

六子清瘦又靈活，動作快而輕盈，沒多久便跑到靠近聲音傳來的地方。

他離得越近，狼叫聲越清晰。聽這些動靜，並不是狼群，應該是幾隻落單的狼。

六子微微放下心，卻看不清情況。要是譚淵不在這裡，衝上去豈不是白白冒險？

他把獵刀別在後腰，找了棵高大的樹往上爬。

片刻後，他站在枝頭上，往傳來狼叫聲的地方看去。沒看到狼，但驚喜地看到同樣待在樹上、靠著樹幹的譚淵。

六子不敢喊人，怕驚動了狼，忙爬下樹，折返回去。

「找到了！」六子喘口氣，對眾人道：「我看見譚二哥了！」

大家皆是一喜。「真的?!他怎麼樣，人在哪兒？」

「在樹上呢，看不清楚，距離這裡大概有二百尺遠。」

蘇如意一顆心撲通撲通跳。「狼呢，有多少？」

「聽叫聲，不超過五隻。」

他們有十三個護衛，大概要三個人對付一隻，勝算很大。但狼生性凶殘，萬一碰上了，很難全身而退。

蘇如意想起了譚淵的箭法。「還有誰的箭法好？如果躲在樹上用弓箭射狼，會不會安全一點？」

鄭奇揹了弓箭，環顧一周道：「大家箭法都是半吊子水準，近一點還行，在百尺外射箭，等於是白費功夫。箭法最厲害的就是譚二，可他身上肯定沒弓箭，不然也不會被困。」

蘇如意抬頭往樹上看了看，忽然問：「誰有帶繩子？」

「我有。」一個護衛拿了一捆繩子過來。

蘇如意要來鄭奇的弓箭，將弓和每支箭全綁在同一根繩子上，跟拴螞蚱似的。

「這是要幹什麼？」一路走來，大家已然不敢小瞧這個小娘子了。

「送弓箭給譚淵。」蘇如意緊了緊每個繩結，確定不會鬆脫。「六子，哪裡的地勢繞過狼群在的地方，卻又比譚淵那邊高？」

六子打量四周，指著南邊道：「從那裡繞過去。那邊的山高一些，而且正好在譚二哥的上方。」

「好，我們走。」

幾人輕手輕腳從另一側繞到地勢高處，往下看去，正好能看到譚淵待的那棵樹。

蘇如意抿著唇，死死盯著遠處那個模糊的身影，他一動不動，根本看不出狀況如何。

「二嫂，接下來怎麼做？」六子小聲問。

蘇如意回神，估算從她這裡到譚淵之間的距離，手上的繩子頂多三十尺，實在太短了。

「距離太遠，恐怕沒有把握能一次扔到譚淵待的樹上。繩子也不夠長，一頭扔出去後，另一頭必須抓在我們手裡，如果偏了，還能拉回來重新丟。」

大家明白她的意思了，盧祥爽朗道：「這有什麼，大家脫下單衣，撕成條綁在一起，一定能湊夠。」

蘇如意忙道：「多謝，我會賠新的給大家。」說完，轉身背對護衛們，讓他們脫衣裳。

一陣窸窸窣窣聲後，六子道：「二嫂，好了。」

蘇如意一看，現在繩子只長不短了，打好繩結，讓力氣最大的盧祥拿著弓箭這頭扔，六子跟其他人抓住繩子尾巴。

蘇如意退開，盧祥瞄準位置，手臂施力，嗖的扔了出去。

正在閉目養神的譚淵猛的睜開眼，朝凜冽的破風聲看去，只見一條長繩朝他飛來，但在離他五、六尺處落下。

他驚愕地朝繩子飛來的方向望去，發現站在山峰上的人，正是盧祥跟六子。

他心裡一喜，身子一動，扯到背後的傷口，倒吸口氣，緊緊盯著拉起繩子的兩人。

這回他看清了，上面綁著弓箭。

他眼中溢出笑意，這幾個小子可以呀，鬼點子不少。可是，他不知道附近還有沒有狼群，不敢高聲喊，只能等他們再把繩子扔過來。

一連扔了三回，繩子終於堪堪落到這棵樹，卻是掉在比譚淵高的枝條上。

「怎麼辦？」六子頭疼道：「就算二哥站起來，也搆不著啊。」

盧祥試著扯了扯布條，樹枝細軟，撐不住弓箭的重量，立時撲通掉下，被譚淵眼疾手快地撈到手裡。

「拿到了！」幾人差點跳起來拍手。

譚淵又冷又餓，還帶著傷，已經快撐不住了。他解下弓箭，不敢再耽擱，拉弓瞄準樹下圍著他的三匹狼。

三匹狼對負傷的譚淵並未心生警惕，甚至一直嚎叫，時不時繞著樹轉一轉，譚淵連瞄準的工夫都省了。

嗖！破風聲劃破空氣，第一支箭朝最靠近樹的那匹狼射去。

一箭正中眉心，狼嗷嗚慘叫著倒了。

這一招嚇到了另外兩匹狼，譚淵飛快搭箭，第二匹狼也難逃厄運。

最後一匹狼感受到強大的威脅，凶狠地齜著牙，兩隻爪子拚命扒樹，竟然想上來。

譚淵扯到傷口，放下手臂深呼了口氣，眼神變得凜冽，毫不留情地射殺了牠。

他輕喘著放下弓箭，緩了會兒，才對山峰那邊擺手。

六子喜道：「二哥解決了，沒有狼叫聲了。」

大家鬆了口氣，面露笑意。

盧祥吩咐眾人。「你們幾個陪著小嫂子，我們去接譚二，在剛才上山的地方集合。」

「我也要去。」蘇如意忙道。事發至今，她已經忍著不添亂，現在狼都死了，她想立刻看到譚淵，知道他沒事。

她一路的擔心害怕，大家全看在眼裡，盧祥只能道：「那好吧，一起去。」

幾人繞下山峰，往譚淵所在的地方趕去。

譚淵確實沒力氣下去了。之前是藉助匕首和另一隻腿才能爬上樹，此時已耗盡體力。他聽到腳步聲，低下頭看去，先是一抹熟悉的杏色，接著是蘇如意梨花帶雨的臉，不由驚愕。

「妳怎麼來了？」

蘇如意急得連狼的屍體都顧不得怕了，小步跑到樹下，哽咽道：「你怎麼樣？傷得嚴不嚴重？」

譚淵蒼白著臉色，扯出一個笑。「死不了。別哭了。」

「二哥！」六子快步過來，俐落地往樹上爬。

盧祥把剛才用的繩子扔給他。「六子，把繩子綁在譚二腰上，慢慢放他下來，我們在下面接應。」

六子爬到譚淵身旁，發現他青袍上的大片血跡。「二哥，你受傷了?!」

譚淵攔住他。「別喊了，沒看見她都哭成什麼樣了。快，放我下去吧。」

六子幫他將繩子綁在腰上。「等等要用繩子放你下去，你受得住嗎？」

「難道還留在樹上過年？」譚淵說著，對樹下的蘇如意扯出一個笑。

蘇如意笑不出來。譚淵的臉色蒼白，眉宇間帶著深深的疲倦，顯然傷得不輕。

這棵樹並不高，六子一點一點地放，盧祥和其他人小心地接住譚淵，替他解開繩子。

譚淵站不住了，蘇如意衝過來，看到他背後的血跡和明顯的刀痕，手微微發顫，但現在容不得她矯情難受。

「我先幫你上藥。」

譚淵搖頭。「出了深山再說。」

盧祥揹起他，讓另外幾人扛走狼的屍體，這玩意兒的皮毛也不便宜呢。幾人不敢耽擱，快步離開深山後，把譚淵放在鋪了衣裳的石頭上。

蘇如意將水袋遞給他。「先喝口水。」

譚淵確實渴了，先咕咚咕咚喝了個夠，才看向盧祥。「她要來，你就由著她？」

盧祥打量譚淵，猜想應該沒有大礙，又恢復了往常的嘻皮笑臉。

「你現在教訓起我來了？你有本事，別讓人家擔心啊。我告訴你，要不是小嫂子跟著來，我們還真找不著你。」

譚淵來不及細問，蘇如意就打斷他們。「好了，我先看看傷口。」

譚淵怕嚇到她。「別看了，山裡這麼冷，回去再處理吧，也不差這麼一會兒。」

蘇如意想想也對。「咱們趕緊下山吧，娘跟星星他們都擔心極了。」

一行人進了村子，村民們立刻圍上來，七嘴八舌地問著情況。

人群中，沒有周成的身影。

昨晚，周氏哭得眼睛都腫了，譚星更是一直在門口等著，看見人回來，哇的哭出來。

「二哥！」

蘇如意反而是最冷靜的，開始分派起來。「星星去倒盆熱水。娘，我們那屋的火恐怕熄了，去您的屋子吧。」

「好好好，快。」

譚威從護衛身上接過譚淵，跟著周氏，揹他進了門。

眾人忙一晚也累了，道：「那我們先回去。」

蘇如意向他們道謝，親自送出門，說安頓好譚淵後，會再挨家挨戶去答謝。

六子不肯走，蘇如意便讓他去請岳郎中來。

第二十六章

蘇如意進屋時，譚淵面朝下趴著，周氏正替他剪開衣裳。

「如意。」譚淵嗓音嘶啞。「妳先出去。」

蘇如意紅著眼眶搖頭。

周氏剪開衣裳，倒吸了口氣。「這是什麼傷？」怎麼看也不像爪子或野獸撕咬的傷口。

譚星早捂住眼睛不敢看了，蘇如意死死咬著唇，那是一道長兩寸，卻幾乎見骨的刀傷，皮肉向外翻著，猙獰駭人。

譚威擰了溫熱的手巾送來，也皺起眉。「怎麼回事，為什麼有刀傷？你跟誰打鬥了？」

譚淵用鼻音應了聲。「再說吧，我沒力氣了。」

眾人便不再問，幫他清洗傷口。

蘇如意眼中閃過恨意。一定是周成！除了他，還會有誰？

「這裡有傷藥。」她拿出一瓶藥粉，但對於這樣的傷勢顯然不夠用，只能等岳郎中來。

接下來要換衣服了，譚淵開口道：「如意，妳也回去把衣裳換了，別著涼。」

蘇如意瞥他一眼，知道他可能是不想讓她看他的腿，沒再堅持。

剛跨出門檻，她腦中一片空白，然後就倒下了。

「二嫂！」譚星驚呼。

正準備脫衣服的譚淵臉色一變，起身就要下床，一把被周氏壓住，叫譚威看好他，快步走出來。

她看見譚星懷裡的蘇如意，頭髮被打濕，白著一張小臉，不由露出一絲疼惜。誰也沒想到，蘇如意竟會冒險進山找譚淵。

周氏跟譚星扶著蘇如意回屋，她的衣裳全被露水打濕了，便幫著她換衣服，等岳郎中來了，再一起瞧瞧。

聽聞譚淵受了重傷，一把年紀的岳郎中幾乎是跑著來的，進了屋子還在喘。

譚淵趴著不能動，語氣急切。「我已經止血了。岳叔，您先去看看如意。」

「她又怎麼了？」

周氏道：「一夜沒睡，又一大早上山找人，暈過去了，你去看看吧。」不然以譚淵的倔脾氣，也不肯好好讓岳郎中瞧。

岳郎中聽了，只能先去西屋。

蘇如意還沒醒，譚星守著她，替她蓋了兩床厚被子。

岳郎中把了脈，查看一番，道：「沒有大礙，就是體弱又沒吃沒休息，加上驚嚇，才暈倒的。讓她好好睡一覺，睡醒後，準備些薑糖水和粥給她吃。」

大家放了心，又請岳郎中去瞧譚淵的傷。

譚淵的傷看著嚇人，但沒傷到筋骨。岳郎中替他上藥包紮，納悶地問：「你們不是去找狼了？為什麼會有刀傷？」

一家子人都覺得奇怪，狼咬的和人砍的，意義可太不一樣了。

「小人作祟。」譚淵淡淡地說：「可能得罪了誰吧。」

「什麼意思？」周氏急道：「難道是村裡的人？誰這麼歹毒？」

譚淵心裡有猜測，卻無法言明。沒有證據的事，說出來反倒容易被倒打一耙。他很清楚，周成沒那麼蠢，既然敢動手，就定能撇清關係。

昨晚攻擊他的人，體力和身手都不是周成有的，顯然不是親自動手。周成跟沒腦子的齊勇可不一樣。

「再說吧。」譚淵頭疼。「娘，叫六子進來，我有話問他。」

周氏點頭，順道送岳郎中出去。

岳郎中離開後，屋裡只剩下譚家人和六子。

六子從小無父無母，周氏見他可憐，發現譚淵給他吃喝，便睜隻眼、閉隻眼。

今日六子救了譚淵，周氏對他更親切了，熱了飯菜，讓兩人一起吃。

譚淵喝了口粥，看向六子。「昨天我不見之後發生的事，都跟我說一說。」

六子一手拿著餅、一手拿著筷子，道：「我怎麼都找不到二哥，就回村報信。村長讓男人們在村裡村外一起找，大家找到天亮才進山。」

「是如意自己要跟你們去的？」周氏問。「一早起來，星星就說她不見了，沒想到是跑進山裡。」

「二嫂非要去，我攔不住。她說，肯定不是狼下山。」六子把蘇如意的推測說了一遍。

譚淵握著勺子的手頓住。昨天天色已晚，他心裡又焦急，沒想到周成會如此喪心病狂，還是受襲的瞬間才想明白。

「繼續說。」

說起進山的事，六子連飯也顧不上吃了，一臉的眉飛色舞。

「我覺得二嫂斷案的本事，跟二哥比也差不了多少。大家都說二哥上不了這麼高的山，是二嫂非要上去，而且居然能在樹上發現那麼小的記號。要不，山林那麼大，根本不知道去哪兒找人。」

眾人驚奇不已。蘇如意除了手藝和廚藝，其他地方都很嬌氣，冷了不行，熱了不行，好像碰一下都能壞似的，沒想到還有這等本事。

譚淵心裡震動。當時他下不了山，又不能待在原地，只是姑且一試留下記號，萬沒想到發現的人是蘇如意。

「那送弓箭的主意？」

「也是二嫂想的。」六子吞下飯。「對了，二嫂進深山的時候，還說願意跟她進去救人的，一人給二百文。」

他說完，小心地看周氏。周氏的節省，他當然了解，十三個人的錢加起來，那可是二兩多銀子啊。

「我的那份就不要了，我是自願去的。」

「二百文?!」一直默不作聲的齊芳驚呼。「都是同一個村的人，平日處得那麼好，幫個忙還要給錢？」

一屋子人齊刷刷地看向她，譚淵冷笑一聲。「大嫂是覺得我這條命不值二兩銀子？」

譚威拽了齊芳一把，尷尬道：「這是什麼話，上山救人是幫忙那麼簡單的事嗎？進深山可是要冒著危險的。」

連一向小器的周氏也沒什麼不悅。「人救回來，比什麼都重要。要是如意不這麼說，人家未必肯跟著去。這筆錢，娘來出。」

兩人吃完飯，譚淵實在撐不住，躺下睡了。

譚威拉著齊芳回屋，開口就訓人了。

「二弟大難不死回來，妳說的是什麼話，有妳這麼當大嫂的？」

齊芳也發現自己說錯話了，但依然嘴硬。「我又不是在埋怨誰。那可是二、三兩銀子呢，大家是同一個村的人，也真好意思要。」

「誰會平白無故替妳賣命啊？」譚威瞪她一眼。「要是哪天我困在山裡，妳也不會像弟妹那樣敢進山找人吧，更別說是沒那麼靈活的腦子。出個錢，妳也不願意？」

齊芳瞪著眼睛。「你跟別人能一樣嗎？你是我孩子的爹，我會捨不得救你？」

「那不就得了？二弟也是弟妹的男人，一樣是娘的兒子。以後妳少說這種話，別讓人家看低咱們大房。」

齊芳恨鐵不成鋼地瞪他一眼。「我說你是真傻還是假傻，娘偏心二房偏成什麼樣了？要是他們再替娘生個孫子，錢不就全花到二房去？」

「人家掙得也比咱們多呀。」譚威不耐煩了。「妳要是有弟妹那本事，也用不著在這裡拈酸吃醋，趕緊哄孩子去。」

他這個媳婦兒，原本處處比別人好，出自清白人家，長得也還可以，又幫他生了個大胖小子。

現在呢？二弟是殘疾，買的媳婦兒模樣勝過齊芳，性情跟賺錢的本事也勝過一籌，還會討婆婆歡心。

別的就算了，齊芳連蘇如意對二弟的那片心都不如，他還得管小舅子的爛攤子。早知道，他也買一個了。

下午，譚淵才醒來，嗓子乾得發疼。

周氏替他倒了杯茶。「覺得怎麼樣？」

「沒事。」譚淵可是經歷過斷腿的人，並不把這點傷放在眼裡。「如意呢？」

「她累著了，身子骨本來也嬌弱，還沒醒。」

譚淵擰眉。「她沒事吧？再叫岳叔來瞧瞧。」

「不用，我剛才去看過，臉色好多了，就是需要休息。」周氏感嘆。「沒想到，她能為你做到這個地步，看來是真沒有別的心思，肯留下來好好跟你過日子。」

「我就說您是瞎操心，兒子又不是傻子，能看錯人嗎？」譚淵臉上閃過一絲自得，撐著要起身。「我去看看。」

「別動，別再扯開傷口了。岳郎中說你失血過多，娘讓你大哥買雞去了，晚上燉湯替你和如意補補。」

「沒事，我心裡有數。」譚淵摸了摸胸口，紗布整整纏了三圈。「晚上我也不能睡在這兒啊。」

周氏扶他起來，把楞杖遞給他，小心地扶著他回西屋。

屋裡，譚星正在編小花籃，守著蘇如意，見譚淵進來，連忙起身。

「二哥，你怎麼起來了？」

周氏見蘇如意睡在裡頭，剛好可以讓譚淵側躺在外側，扶他坐下。「有事就大聲喊人。」說完，帶譚星出去了。

譚淵點點頭，一雙眼已經黏到蘇如意臉上，聽見關門聲，手便輕輕撫上她的臉頰。

她睡得很沈，呼吸清淺，氣色紅潤起來，臉嫩得跟豆腐似的。

可就是這麼個嫌熱怕冷，坐個車都能累到腿軟的嬌氣包，大冬天的爬那麼高，敢跑到有狼的深山裡找他。更沒想到她能與他心意相通，找到他留下的記號。

想起她見到他時哭得淚流滿面的模樣，譚淵說不清自己是什麼滋味，雖然心疼，但心裡是從沒有過的滿足。

他拉過她軟嫩的小手，放在唇邊親了一口，眼裡是無邊的寵溺。「還嘴硬說不喜歡我？」小心地將她攬進懷裡。

他又陪著她睡了一覺，這一睡就到了晚上。

蘇如意一動，譚淵便立刻醒了，摟著她的手緊了緊，聲音低啞。「醒了？」

蘇如意回神，睜大眼睛道：「譚淵？」

「嗯。」譚淵替她撥開碎髮。「有沒有哪裡不舒服？」

「我能有什麼不舒服。」蘇如意急忙坐起來。「你的傷呢？」

「不礙事，沒傷到骨頭。」譚淵拉下她。「我們說說話。」

蘇如意想跟他說話，還有好多事要問，可肚子突然咕嚕作響，有些尷尬。

「我整天沒吃飯了。」

譚淵頓時心疼。「娘在鍋裡溫著飯菜，妳端來，我們一起吃。」

蘇如意點點頭，剛下床，腳下一陣痠疼，撲通跌倒。

譚淵嚇得立刻坐起來，還扯了下傷口。「怎麼了？」

蘇如意點亮油燈，看向自己的腳。上山又下山，加上走了許久滿是石子、崎嶇不平的山路，腳底磨出了水泡。

譚淵擰著眉。「去拿針來，我幫妳挑破。」

「啊？」蘇如意有點怕。「這會自己消的吧？」

「不會。」譚淵放柔了語氣。「別怕，挑破後，歇一晚就沒事了。」

蘇如意踮著腳尖去開抽屜，拿了針線。譚淵讓她替他在背後墊了枕頭，坐起身。

蘇如意有點臉紅。「我自己來吧。」

「妳下得了手？」譚淵哄她。「怕什麼？妳的腳又不臭。」

蘇如意氣得瞪他一眼，但心裡都決定跟這個男人好了，抓一下腳也無妨。

她去洗了腳，擦乾後才坐在他對面，將兩隻腳伸到他面前。

譚淵瞧著，她的腳也是細皮嫩肉，難怪禁不住這樣走。一手托起她的腳踝、一手拿著針，趁著她還沒反應過來，就用針挑破了兩顆水泡。

蘇如意完全沒感覺，還沒下地走路疼。「好了？」

譚淵幫她擦乾腳。「嗯。」

蘇如意呼了口氣，又小心地踮腳倒水，幫兩人洗了手。現在不只腳疼，腿也疼得不得了，說什麼都不肯走了，只好跪坐在坐榻上，朝著窗戶外喊人。

「星星！」

譚星的屋子就在對面，聞言立刻推門過來。「二嫂，妳醒了？」

「嗯，我的腳好疼，妳能不能幫我們把飯菜端來？」

譚星蹦蹦跳跳地去了，不一會兒便端來一只砂鍋，還有三個白白胖胖的饅頭。

蘇如意看著白麵饅頭，有些驚訝。

譚星笑著說：「娘說給你們補身子呢，還有雞湯。」揭開砂鍋，滿屋的肉香味。

蘇如意更餓了。「妳呢？有沒有吃？」

「我們早吃過了。」譚星看向譚淵。「二哥，你能自己吃嗎？」

譚淵淡淡點頭。「能。不早了，妳回去休息吧。」

「那你們吃完，碗筷就放著，明天我再過來收。」譚星很識趣地沒打擾他們。

飯桌放在榻上，蘇如意先盛一碗雞湯，挾了兩塊雞肉給譚淵。

譚淵搖頭。「妳先吃吧。」

蘇如意咬了一口饅頭。「一起吃，哪裡需要分先後。」

譚淵苦笑。「我的胳膊不能抬太高，不然會扯到傷口。」

蘇如意聽了，不由緊張。「真的？那你剛才怎麼跟星星說能自己吃？」

「不然呢？我這麼大個人，還讓妹妹餵飯？」言外之意，讓她餵就可以。

蘇如意瞪他一眼，但念著他的傷，哪裡捨得讓他餓著或扯到傷口，搬了椅子坐到床邊，先塞了一個饅頭給他，又拿起勺子。

「喝湯。」

譚淵搖頭。「妳先吃飽，我再吃。」

「你是傷者。」

「但我中午吃過了。妳快吃，不然我也不吃。」

譚淵幼稚起來跟孩子似的，蘇如意只能趕緊吃飽，再去餵他。

譚淵見她只吃了一個饅頭，不太放心。「這就飽了？」

「再餓，胃也就這麼大，裝多了難受。」

雞湯不燙了，她將勺子舉到他唇邊。譚淵乖乖喝了，眼睛卻一直盯著她，眼中的炙熱似能燒穿人，一會兒就把她看得尷尬起來。

「別看我了。」蘇如意又塞了顆饅頭給他。

譚淵笑著咀嚼。「屋裡就我們兩人，不看妳看誰？」

蘇如意從沒有說贏過譚淵，只能趕緊餵他吃完。

早上回來，趁著換衣服時，周氏和譚星已經幫他們擦過身子，蘇如意便懶得再打水漱洗，只漱了漱口，在瑟瑟寒風中吹熄了燈，鑽進被窩。

一躺下，她又被譚淵撈過去，伸手推著他的胸膛。「你的傷？」

「我有分寸。」什麼傷不傷的，他只想一刻也不離她。「怎麼那麼大膽，還敢跑進深山找我？」

蘇如意逃避他的問題。「是不是周成？」

「不是他，但應該是他的人。」黑暗中，譚淵的眸色幽深。「從昨天開始，他就沒離開過村子吧？」

「嗯，我沒忍住，跑去質問他了，但沒看出什麼。」

「妳當他是齊勇？」譚淵道：「那人有些身手，身形也比他高大。」

「他為什麼要你的命？又為什麼沒有直接……」

「是為了要我的命，卻不想自己動手，否則必會驚動官府。」譚淵猜測。「他的人先將六子引開，把我打暈後帶上山，想讓我死於狼口，否則也不用在陷阱處布局了。」

蘇如意抓緊他的中衣。「他們怎麼確定你會碰到狼？」

譚淵冷聲道：「我身上的傷，只要扔到深山中，血腥味必會引出冬天飢餓的狼。」

蘇如意心裡一陣陣發寒，放血引狼，怎麼會有這麼殘忍惡毒的人？更心疼譚淵，顫著手摸上他的繃帶。

「是不是很疼？」

「疼，但能忍。」譚淵的聲音越發輕柔。「妳還沒告訴我，為什麼要冒險跑去找我？妳本來就打算離開，我若不在……」

「不許胡說。」蘇如意捂住他的嘴，眼眶又紅了。「你知道你有多嚇人嗎？」

聽見她哽咽，譚淵不敢再逗她了，忙輕拍著她的背安撫。

「是我不好，我亂說的。我不是說了嗎？我捨不得死，那麼多臭男人惦記妳，我可不放心留妳一個人。」

蘇如意把頭埋在他胸前。夜深人靜，很多白天難以表達的話，更容易宣之於口。

「我沒想那麼多，就是怕你出事。萬一你出事了，我怎麼辦？」

譚淵低頭親她頭頂一下。「捨不得我，那還打算走嗎？」

蘇如意聽著他有力的心跳，沒有說話。

她是不走了，但說出口，好像在表白似的。

第二十七章

譚淵也不逼她，自顧自道：「知道我當時在想什麼嗎？除了擔心家裡，就是後悔賣身契的事。」

蘇如意抬頭。「賣身契？」

「嗯。」譚淵後怕地擁著她。「我不知道自己會不會因失血過多而死，或是根本不會被人找到，凍死在山裡。既然妳那麼想要賣身契，我應該出門前就給妳的。我是想留下妳，那是為了跟妳過日子，卻不希望妳為我守寡，因為這紙賣身契，困在譚家一輩子。」

蘇如意心裡發酸。「你知道就好。你要是有個三長兩短，我就離開譚家，氣死你。」

「妳的意思是，只要我好好的，妳就永遠不走？」

他總是這麼油嘴滑舌。蘇如意又想縮頭，卻被他托住下頷，直視著他，低沈好聽的聲音如帶著蠱惑般。

「如意，我想聽妳親口說。」

蘇如意咬著唇，為自己這彆扭的性子生氣。明明譚淵失蹤的時候，她都想好了，如果他平安回來，就真心實意地跟他過日子。

她抱緊他的腰，鼓起勇氣，輕輕出了聲。「嗯。」

譚淵的胸口因說話而微微震動起來。「我聽不清。」

她的勇氣都用完了，他卻沒聽見?!

蘇如意氣呼呼地抬頭，忽然一個黑影壓下，她的唇被一片溫熱覆蓋。腦袋傳來轟的一聲，靈魂差點出了竅。

這、這是她兩輩子的初吻啊！

蘇如意不知道之前被下藥時就被譚淵親過，那次譚淵是為了鎮住她，說是親吻，跟打架差不多。

這次，兩人都清醒著，譚淵的動作帶著激動卻溫柔，一點點描繪著她可口的唇形。

懷裡的小女人已經僵住了，他輕捏她的腰側。

蘇如意輕嚀一聲，微微啟唇，譚淵的舌乘機鑽了進去。

蘇如意半點經驗都沒有，青澀又被動。而譚淵經過了剛開始的急切後，動作變得輕柔，除了心動，更多是珍惜，一點一點探索，安撫著她。

曖昧又旖旎的氣氛瀰漫在昏暗的房裡，看不清動作，卻能聽到細密的喘息和嗚咽聲。

蘇如意快喘不上氣，譚淵終於不捨地放過她。月色下，她的眼神迷離，小嘴紅潤，光澤像熟透的櫻桃，惹人垂涎。

他粗糲的指腹替她抹去唇上的水漬，聲音低啞。「真甜。」

蘇如意還有些失神，她的心跳得毫無規律，任由他的吻又輕柔地落在她的眉眼跟臉頰。

她的性格內向，卻見過室友們談戀愛的樣子，每天打扮得光鮮明亮，偷偷在下課後跑出去約會，晚上回來時，便是一臉的春色。

原來這就是談戀愛的感覺，原來這就是書中所說的心悸？

兩人相擁著，沈默許久，譚淵才輕嘆一口氣。

蘇如意從他懷裡抬起頭。「怎麼了？」

譚淵在她光潔的額頭上親了一口。「要不是我受傷，妳還不肯說實話，非要我受傷的時候來招我……」

蘇如意一下就聽懂了，少見他在她跟前吃癟，壞心眼地笑出聲。「活該。」

譚淵眸色一深，不能進行最後一步，他還不能提前占點便宜嗎？

蘇如意立刻笑不出來了，因為一隻滾燙的大手從她的衣領鑽進來，嚇得她忙往後縮。

譚淵摟著她，身子跟著被拽過去，頓時倒吸了口氣。

蘇如意一僵，忙坐起身。「扯到傷口了？我看看。」

譚淵搖頭。「不用，不然還得重新包紮。只是痛一下，沒裂開。」

蘇如意抬起手，沒好氣地捶他肩膀一下，當然不敢用力就是了。

「你還不老實？你再動，我就自己睡。」

譚淵忙哄著她，把人攬進懷裡。「不動了。可妳也要體諒我，都成親三個月了，我也是個血氣方剛的男人。」

蘇如意知道他難受，岔開了話。「你遇襲的事就這麼算了？周成可是差點害死你。做人怎能這麼歹毒啊？為了錢，如此不擇手段。」

譚淵揉著她的亂髮，為她的單純感到無奈。

「妳真以為他只是為了錢？每年他們父子從村裡斂多少財，縣裡還有那麼大的鋪子，會缺錢？就算眼饞妳的手藝，也不至於為此冒這麼大的險。」

蘇如意握著他的大手，避免他亂來，聞言一驚。「那還為了什麼？上次他跟我說，就是想讓我替村子和萬寶肆提供新品。」

「他想要妳幫他賺錢，來害我幹什麼？」

蘇如意理所當然道：「我嫁到了譚家，譚家就是我的後臺，他肯定對付你呀。他要是害死了我，誰替他生財？」

「就算如此，他捉了我來威脅妳，不是更好？我死了，妳依然是譚家人，家裡有娘，還有大哥，怎能肯定妳會聽話？難道他敢告訴妳，人是他殺的？」

蘇如意聽出一點意思。「那他是為了什麼，難道你跟他本來就有仇？」

「嗯。」

蘇如意詫異地看著他。「什麼仇？」

「奪妻之恨。」

「啊？」蘇如意想歪了。「他還因為楊婉的事記恨？那不能怪你吧，他娶楊婉之前，又不是不知道你們的事。成親後，也是楊婉惦記你，你跟她沒有牽扯的。」

看樣子，她是完全沒發現周成的心思。

譚淵不再說了，不想讓這些髒污的事進了她的耳朵。

齊勇又蠢又直接，第一次瞧見蘇如意就被他看穿，而且是自己動手，馬腳藏不住，對付起來容易。

但周成……別說蘇如意了，他也是這一夜困在深山裡，才想明白的。

周成跟楊婉成親一年多，平時過得安穩，為何蘇如意嫁進來後，他家就鬧得雞犬不寧？他了解楊婉，她對他沒死心不假，卻不是無事生非的人。這種事鬧起來，對她一個女人來說沒半點好處，除非是不得已的。

周成若真因為楊婉而記恨他，應該在他沒成親時猜忌才對。他成親後，應該就放心了，怎麼反而在這時候動手？

不全是為了錢，還能為什麼？他懷裡小女人有多招人喜歡，他比誰都清楚。

「睡吧。」譚淵輕拍著蘇如意的背。

有些虧，吃一次就夠了。

第二天一早醒來，譚淵覺得好多了，但蘇如意這具長年缺乏鍛鍊的身體，腿腳痠疼得不得了。

「好疼啊。」蘇如意趴在床上哼哼唧唧。

譚淵無奈地幫她捏腿。「都說了讓妳多動動，妳又嫌冬天太冷。現在一下子走了那麼多路，身體吃得消才怪。」

蘇如意被他按得舒坦，露出傻笑。「等暖和了肯定去，你跟我一起。」

譚淵沒忍住，俯身在她紅嘟嘟的唇上親了一口。「好。」

蘇如意撲回枕頭上，譚淵輕笑，一心一意替她按起腿來。雖然隔著中衣，但彷彿也能感覺到那嬌嫩身軀。不過一大清早的，他不敢亂來，否則受罪的還是自己。

沒一會兒，周氏不放心地過來瞧瞧，伸手敲他們的房門。

兩個人都躺著不像話，蘇如意想起身，卻被譚淵按住。

「娘，進來吧。」

譚星跟在後頭，見兩人沒起床，一時不知道該進還是該退。

周氏是長輩，並不避諱，直接進屋，見兩人的氣色都好了許多，道：「昨天岳郎中留了藥，我幫你換。」

蘇如意沒起身，譚淵怕周氏多想，問她。「有沒有多的？也替如意上點藥。」

周氏詫異。「如意受傷了？昨天怎麼沒說？」

蘇如意不好意思。「也不算受傷。昨天爬山走太久，腳底起了水泡。」

周氏想起她為了找譚淵有多辛苦，道：「星星，幫妳二嫂抹藥。」

昨天挑破水泡的地方，一片一片紅腫起來，看起來真的挺慘。譚星把藥抹在紗布上，替蘇如意裹住。

「傷成這樣，怕是要幾天不能走路了。」

蘇如意忙搖頭。「哪有那麼誇張。再說了，好多事還沒做呢。」

蘇如意沒打算告訴周氏出錢給護衛的事，想用自己的錢給，周氏卻道：「不急於這兩天。等會兒讓星星把錢送來，該給人家的不能少。」

蘇如意看向譚淵，譚淵點點頭，見周氏沒什麼勉強的樣子，便應下了。能不用自己的私房錢，她當然還是高興的。

蘇如意上完藥，湊過去看譚淵的傷口。

她頭一次見到譚淵光著膀子，與想像的不同，雖說肌肉不是很明顯，但身材精瘦，沒有一絲贅肉，看起來很養眼。

譚淵趴在床上，周氏將紗布剪開，露出捂得有點發白的傷口。

周氏將殘留的藥渣擦乾淨，傷口不流血了，看著沒那麼嚇人。傷口位在左肩靠下一點的地方，若是刺得再深些，可能就會刺破心臟。

蘇如意緊緊揪著被子，心裡一陣後怕。

換好藥後，周氏非要問個明白。「老二，這裡沒有外人，你說說到底怎麼回事，是誰要害你？這件事不能這麼算了，萬一那畜生以後還對你動手怎麼辦？」

要是說實話，周氏護子心切，說不定會遷怒蘇如意，譚淵只好糊弄道：「我要是看見正臉，早報官去了。八成是以前幫大人查案時，惹著誰了吧。」

周氏信了，她哪裡想得到，同村的人會下這種毒手。「案子是縣令大人讓你查的，他不能就不管了吧？」

「過兩天傷好了，我去縣裡跟大人說一聲。」

周氏這才點頭。

這幾天，二房單獨開了小灶。譚星幫兩人下麵條，用肉、蘑菇和馬鈴薯丁做了臊子，還是蘇如意教她的。

今天蘇如意可不管譚淵了。「星星，妳餵妳哥吃。」

譚星亮晶晶的眼睛看向譚淵。「二哥，你傷口疼？」

譚淵睨她一眼。「不疼，端過來吧。」

蘇如意埋頭吃著，眼角餘光卻往譚淵那邊瞟，見他確實有點費力，但勉強能吃，不想當著譚星的面餵他，便狠下心沒管。

吃飯好說，但解手就是件麻煩事了。就算蘇如意願意厚著臉皮幫忙，譚淵也絕不會樂意讓她動手。

譚星喊來譚威，扶著譚淵去解決，回來後就靠坐在床頭，看姑嫂倆隔著小桌子在榻上一左一右坐著，邊說話邊忙活。

蘇如意對譚星一向溫柔，見她哪裡做錯了，也捨不得說一句重話，讓譚淵有點羨慕。不過，蘇如意時不時睨他一眼，他也覺得挺享受的。

屋子裡正歲月靜好，忽然有人敲院門。

齊芳去應門，招呼道：「村長，你們來啦，快進來。」

譚星沒什麼反應，蘇如意看譚淵一眼，心想他們還有臉上門？

譚淵用眼神安撫她，靜候著人進來。

來人不只周志坤，還有周成跟盧祥。盧祥提著籃子道：「譚二，你為了村子受傷，這是村長送的補品。」

蘇如意瞥籃子一眼，沒看見裡面裝什麼，但卻暗暗狐疑，東西該不會下毒了吧？

譚淵神色如常，請他們坐下，但暗中注意著周成。

周成面不改色，進來後一眼都沒往蘇如意身上看，十分沈得住氣。

周志坤一臉關切。「聽盧祥說，你受的是刀傷，到底怎麼回事？是誰傷了你，你又是怎麼上山的？」

譚淵淡淡道：「可能是惹到什麼人吧。」

周志坤皺眉。「你說得清楚些。最近可跟誰有過節和爭執？該不會是村裡的人吧？」

譚淵沒回答，卻道：「趁著村長過來，我剛好有件事要說。」

縱使周成再裝模作樣，眼神也忍不住露出一絲不安。雖轉眼即逝，仍被一直注意他的譚淵捕捉到了。

譚淵當了幾年捕快，沒少查案。有時候心裡有沒有鬼，一個眼神便足以看出端倪。

「什麼事？你說。」

譚淵不再看周成，周志坤雖也不是什麼好東西，但他眼神中毫無閃躲和心虛，一直帶著疑惑，想來確實不知情。周成的齷齪心思和狠毒做法，八成不敢告訴他。

「我這身體實在不能當護衛，更別說隊長了。這回出了事，證明我確實不適合，村長還是另請他人吧。」

「這……」周志坤轉頭看周成一眼。

周成暗暗搖頭，要是譚淵就此脫身，村裡恐怕更留不住他們夫妻了。

周志坤笑道：「這是什麼話，昨天的事又不是你的錯。你管得好好的，這幾年村裡十分安全，從沒出過什麼岔子，大家也都服你，你不必多心。」

「即便我有心，也無力了。」譚淵的臉色本就有些蒼白。「這一受傷，身體更吃不消，只想在家多休養休養。」

周志坤還想挽留。「那就慢慢養著，也沒人催你不是？你看，你也成家了，不是我說話不好聽，你再找別的活計也不容易，以後怎麼養家呢？」

譚淵對蘇如意微抬下巴。「我夫人說了，她能養我。」

這話一出，在座三個大男人，連譚星都驚愕地看過來。但凡是男人，哪有肯讓婆娘養活的，說出去會被人笑死，誰能瞧得起他？譚淵卻毫無廉恥地說出來了。

蘇如意沒說過這種話，但她很清楚譚淵不是這樣的人，八成是故意的。

他們的店鋪快開張了，譚淵肯定不能繼續留在村裡當護衛。思及此，她臉皮雖薄，還是配合地出了聲。

「都是一家人，分什麼誰養誰？只要他好好的就行了。」

一時間，眾人臉色複雜，雖然有點不齒這種行為，但有這樣一個善解人意的美妻，誰能不羨慕？關鍵是，人家真能養得起。

「你還是考慮考慮。」

「不了。」譚淵十分堅決。「護衛要做的事，大家已經熟練上手，我沒什麼新東西可教了，有沒有我都一樣。」

周志坤的臉色不太好看，但這種事又不能強迫人家，只能道：「好吧，你好好養著。要是想通了，隨時可以回來。」

最後，周成還是沒忍住，出門前朝蘇如意瞥了一眼，卻發現她正看著譚淵。

昨天的事，他問過盧祥了，萬萬沒想到，蘇如意這樣嬌滴滴的人兒，為了譚淵一個殘廢，真的用情如此深。可恨譚淵命大，以後必然沒有這樣的動手機會了。

盧祥沒跟他們父子一起走，在屋裡坐下。

「譚二，你真不幹了？」

「這還有假？」譚淵輕嘆口氣。「大家都是一起長大的好兄弟，你替我跟他們說一聲，以後護衛隊就交給你了。」除了他，盧祥是最合適的人選。

盧祥知道譚淵的性子，沒再多勸，只是神色凝重地問：「你真不知傷你的人是誰？」

「若我知道，能饒得了他嗎？」譚淵對蘇如意道：「如意，把錢拿來。」

蘇如意想了下，拿出二兩多銀子遞給他。

譚淵把銀子塞給盧祥。「這是如意答應給大家的辛苦錢。我受著傷，如意的腳也走破了，這兩天不好出門，勞你發給大家，跟兄弟們說一聲。等我傷好了，請大家來吃飯。」

盧祥忙推辭。「咱們是多少年的交情了，我們能不去救你？你這不是膈應人嗎？」

蘇如意在一旁道：「話是我說出口的，大家是在幫我，若是不兌現，以後讓人家怎麼看我？要是再有什麼事，也不敢煩勞你們了。」

盧祥被她的話一堵，只能將銀子收下。「那行，你好好養著，有事儘管說。」

等他也走了，蘇如意讓譚星把籃子提過來，動手翻看，裡頭有一斤豬肉、十來顆雞蛋、一小袋小米。

蘇如意看著東西，犯了難。「這能吃嗎？」

譚星茫然。「為什麼不能吃？」

譚淵笑了聲。「他們親自送過來的，如果出了問題，跳進黃河也洗不清。」

「也對。」蘇如意放下心，開始盤算中午吃什麼了。

譚淵這一休養，就是半個月。傷口雖未完全癒合，但活動不成問題。

傷好後第一件事，就是去縣裡。這回不等周成發難，他也要徹底揭露他的勾當。

依然是六子趕車，先送譚淵去縣衙，蘇如意便到繡樓去見鄭曉雲。

鄭曉雲抱著她的胳膊不撒手。「妳怎麼好幾個月都不來啊，是不是婆家不准妳出門？」

「不是，最近有點忙。」今天蘇如意只見了她。「妳呢，待得還好嗎？沒什麼事吧？」

「怎麼能沒事？」鄭曉雲嘆氣。「我們不是有手藝的繡娘，很多東西要慢慢學，經常因為做不好挨罵。這就算了，那些繡娘們還瞧不起我們的出身，覺得我們好像是什麼髒東西一樣，可煩了。」

蘇如意知道這種滋味，剛開始譚家人就是這麼看她的。不過想想原主做的事，也不能怨人家。

蘇如意安慰幾句，忽然想著，能不能把鄭曉雲弄到她的鋪子去？讓她跟著殷七娘的人學，也不至於誰瞧不起誰了。

可是，鋪子不是她一個人的，錢全是殷七娘那邊出，她不能作主，便沒先開口，打算等會兒去找殷七娘商量再說。

第二十八章

蘇如意坐了半個時辰，便告辭去找譚淵，他也剛從衙門出來。

「你去幹什麼了？」蘇如意上了車問。

「備案。不然過了太久，以後找到證據也不好告。」譚淵握住她的手。「去殷七娘那裡看看？」

「嗯，離開張沒多久了，看看貨備得怎麼樣。」

最近殷七娘這裡也不太消停，聽見敲門聲，沒有馬上開門，而是傳來吳泰並不怎麼有耐心的應聲。

「誰？」

譚淵一頓。「是我。」

大門這才被打開，吳泰道：「原來是譚兄，失禮了。」

譚淵不甚在意，邊走邊問：「可是發生了什麼事？」

「還不是以前那些客人，有的獨寵哪個姑娘，想得不得了，非要來找人。現在七娘幫大家從了良籍，怎麼可能再由著他們，便三天兩頭來鬧騰。」

「報官了嗎？」

「因為只是吵鬧著要見人，並沒有別的舉動，七娘不想鬧大，吩咐平時緊閉大門，不放陌生人進來。」

幾人說著話，來到後院。天氣漸冷，寬闊大堂生了三個火爐子，倒也暖和，姑娘們都圍在一起忙活。

「我以為你倆打算開業那天才來呢。」殷七娘調侃道。

蘇如意解釋。「出了一點意外。大家準備這麼多東西了？」大堂被各種商品擺得滿滿當當的。

「我按自己能得看過眼的挑了一遍，妳再看看有沒有不夠格擺貨架的。」殷七娘聽蘇如意沒細說，就沒多問。

一段時日不見，蘇如意也好奇大家的手藝有沒有精進，便仔細查驗起來。

趁著蘇如意驗貨的工夫，譚淵與殷七娘說起客人的事。「不考慮搬個地方？」

「得把這間宅子賣出去才能換，可最近趕貨才是第一要緊事，只能等等再說。」殷七娘問了一句。「你們沒事吧？」

「沒事。」譚淵喝起茶，目光時不時追隨著蘇如意。

蘇如意大致看完，笑著道：「七娘雖不會做，眼光卻是挑的，我看是沒什麼問題。」

「她們現在的手藝，也就是一般商鋪的水準，只勝在花樣新穎，與妳親手做的不能比。到時候妳做的飾品，價格要提高些，不然這些該賣不出去了。」

看過東西，一屋子人討論起店鋪的名字。

「我算過日子，下個月五號就是吉日，要趕緊開始做牌匾了。」

「妳起一個就是了，不過是個稱謂。」

殷七娘搖頭。「這對我們來說，可是很重要的。我算算帳、做做生意還行，卻沒什麼學識，特意等你們來才問。」

譚淵不會這些，轉頭去看蘇如意。蘇如意略蹙眉沈思，瞥見對面的姑娘一身紅衣，素手正堆著紗花，頓時眼睛一亮。

「皓腕捲紅袖。就叫紅袖閣如何？」

「紅袖閣……」殷七娘低低唸了幾遍，意思易懂卻不粗簡，竟越唸越好聽。「真不錯。大家覺得怎麼樣？」

「好聽。」眾人想不出比這更好的店名，當然應好。

蘇如意取了店名，又來了靈感，走到正中間的書案前，想親手畫牌匾樣式。

殷七娘好奇地湊過來。「牌匾不就是寫幾個字嗎，也需要畫圖樣？」

「咱們本來就是賣女子的東西，牌匾自然也要好看。」

她先將紅袖閣三個字寫出來，再細細端看。牌匾上的字要大許多，可以在字體上做些文章，前世有很多這樣的創意牌匾。

接著，她試著畫了幾個樣子，最後決定將紅袖的筆畫延長，畫成袖子狀，蜿蜒繞過三個字，像捧起店名一般。閣字上又畫了一朵淡紫色丁香，塗上顏色，便完成了。

她笑咪咪地舉起畫。「怎麼樣？」

大家驚嘆地湊過來打量。「好美啊，牌匾還能這樣畫？就算不進來買東西，也得盯著瞧半天。」

蘇如意也很有成就感，忍不住轉頭去看譚淵，只見他看著她，嘴角淡淡挑起，眼裡全是讓她心跳的熱情。

「對了，當初與我一起被帶來青陽縣的，還有一個好姊妹，現在待在一家繡樓做工，但好像不太開心，說人家都瞧不起她。我想著，能不能讓她來我們這裡幹活？」

殷七娘毫不猶豫地說：「妳也是半個老闆，招個人進來算什麼？不需要跟我說。」

蘇如意笑道：「多謝。」

現在有了店名，各種分成約定也談妥了，殷七娘信得過譚淵，讓他擬書契。

譚淵應下。這種事需要考慮周全，做到公正恰當才行，說好下次來時再帶過來。

殷七娘準備拿著圖紙去做牌匾，蘇如意和譚淵便起身告辭。

回村的路上，六子趕著車，對譚淵說：「二哥，你要是不當護衛，我也不當了。」

譚淵瞪他。「你不當護衛，那吃什麼、喝什麼？」

六子道：「你幹什麼，我就跟著你幹什麼。」

譚淵笑了聲。「你知道我幹了什麼？」

六子搖頭。「我哪兒知道。可我知道，二哥不會待在家裡無所事事。你頻頻來縣裡，肯定已經找好活計。反正，我要跟著你幹。」

這小子還挺機靈的。蘇如意笑著說：「我們要做的事，怕是你一個大男人幹不了。」

譚淵沈默一會兒，出了聲。「倒也未必。」

蘇如意看向他。「怎麼說？」

譚淵本不打算將店鋪的事告訴村民，也暫時不打算告訴家裡的人，但六子是他信得過的人，也願意帶著六子做事。

「再說吧。到時候有了好去處，我會跟你說，你先別透露風聲。」

六子喜道：「好！」

孰料三人剛進村，便有護衛過來傳話。「譚二，你快去看看，村長找你呢。」

見他臉色不對，譚淵皺眉道：「可知道是什麼事？」

「他們說譚家私自接活，背叛村子。這會兒大院兒聚滿了人，要興師問罪呢。」

六子臉色一變，譚淵和蘇如意卻反倒鬆了口氣。「六子，直接去大院兒。」

好啊，終於來了。看來是他離開護衛隊，讓周成徹底坐不住了。

不只村民們在，連譚家的人都來了，看見譚淵夫妻，紛紛投來複雜的目光。

譚家人自然知道蘇如意接了其他活計，但在譚淵來之前，硬是一個字都沒說。

蘇如意扶著譚淵，淡定自若地上了階梯，看向坐在主位的周志坤。

「這麼大張旗鼓？」

周志坤冷著臉。「你們做了什麼事，自己不清楚嗎？難怪好好的護衛突然不當了，原來是嫌錢少。」

譚淵的身子稍微歪了歪，蘇如意扶他一把，皺眉道：「他的傷還沒完全好，今天又顛簸了一天，搬把椅子給他坐。」

周志坤不搭理她。「受審之人還要坐著，哪有這樣的道理？」

譚淵忽然笑起來，看著站在下面的村民。「村長這話，真是不怕貽笑大方。我朝律法中，村長可是沒有開堂審案的資格。說我是受審之人，不知村長把縣令大人置於何處？」

周志坤臉色一黑。「我又不是審案，觸犯哪條律法？難道這村裡的事，我無權管了？」

譚淵收斂了笑意。「既然不是審案，我又不是犯人，憑什麼不能坐下？」

周成知道譚淵不好對付，不願在這種小事上與他扯皮，道：「搬兩張凳子來。」

譚淵和蘇如意毫不客氣地坐下。「村長叫我們夫妻來有何事？」

周成讓楊婉把木雕拿來。「昨日我去萬寶肆送風箱的時候，看這個木雕精緻有趣，便想買下。孫掌櫃張口就要十兩，我覺得太貴，問是哪位大師之作，結果孫掌櫃竟說出一個讓我沒想到的名字。」

蘇如意毫無隱瞞，直接接話。「這是我做的。」

周成見她這麼快就承認，詫異了一下。「譚夫人這是承認，妳接了私活？」

「請問周公子，什麼叫私活？」

「依村中的規矩，大家有錢一起賺，有活一起幹，不許私自接活和做營生。就算妳不知道，譚家人也不應該不懂吧？」

蘇如意更是納悶了。「村裡為什麼要有這種規矩？為什麼你們訂了規矩，我們就一定要遵從？」

這話讓底下的村民們一愣。這規矩是從上個村長沿襲下來的，大家都習慣了，也沒覺得有什麼不對。

周志坤氣得一拍案桌。「一個剛嫁來的村婦，竟敢質疑村中的規矩？在繞山村，私自接活可是要被處罰的。」

蘇如意點點頭。「那村長的意思是，即便是您，也不能有私營的產業？」

周志坤眉心一跳。「那是自然。」

蘇如意道：「我確實與萬寶肆合作過，我去的時候，還在那裡看到村裡做的風箱。」說罷，轉頭問譚淵。「萬寶肆賣多少錢？」

譚淵淡淡道：「一錢。」

「什麼?!」村民們震驚了，一錢銀子可是足足一百文啊，他們卻只分到二十文。

「村長，這是怎麼回事？」有人開了口。「萬寶肆賣這麼貴，為何我們才拿二十文？」

一顆雷，在村民間炸開了。

聽蘇如意提到風箱，周成便感覺有點不妙，但覺得尚可應對，露出一臉茫然的表情。

「一錢？孫掌櫃明明跟我說是七十文，應該是看風箱賣得好，又漲價了？下次我去送貨時，可要跟他提價。」

他說得煞有介事，還真有不少村民信了，氣憤道：「這種人毫無信義，既然風箱賣得好，下次就別送去他的店裡。」

該說的都說完了，蘇如意笑了笑，又側頭跟譚淵說話。

「那真是奇怪了，萬寶肆賣第一批風箱的時候，我就問了價，孫掌櫃說是一錢。都賣了一個多月，周公子居然不知道賣價。」

譚淵配合地點頭。「店家賣一錢，卻說是七十文，已經是欺詐了。村長，不如去報官，將多餘的銀錢追回來分給大家。」

大家當然更關心自己的利益，聞言紛紛附和。「就是，我們做一個多費勁啊，才給二十文？一定要告他。」

「好了。」周成高聲道：「我會為大家討個公道，大家盡可放心。現在問的是蘇如意接私活的事，大家不要被她帶偏了。」

蘇如意不再說話，譚淵卻別有深意地看了周成一眼。

「並非如意不願為村中效力，實在是最終不知便宜了誰。當初前村長訂下這個規矩的時候，承諾教大家手藝，村裡出本錢，又保證給大家應有的利益，所以才實行至今。但村裡的人淳樸，只知一味埋頭苦幹，不知有些人只把大家當成廉價的勞力罷了。」

「譚淵，你放肆！」周志坤本是來興師問罪的，卻感覺情勢好像越來越不由他掌控了。

「單憑這件事，你就敢對村長不敬？」

「單憑這件事？」譚淵問道：「村裡出材料不假，可每次做出來的東西，扣除本錢也就算了，還要抽成。村民們勞心勞力得二十文，村裡卻白得十文，所用之處不過是給護衛們和種田的人發發酬勞，仔細算算，又能用得了多少？請問村長，其餘的銀子呢？」

周志坤握拳的手一緊。「你在胡言亂語什麼？村中所有帳目都登記在冊，你若質疑，儘管查就是。」

譚淵諷刺地笑。「是啊，帳目一直是由周公子管著，想必帳面上是看不出問題的。」

周志坤冷哼一聲。「本來就沒問題，是你想避重就輕，反過來對老夫潑髒水。本來還想給你們機會，若以後不再背叛村裡，這次就算了。既然你們執迷不悟，那就按規矩，罰銀五兩，以後不准再接任何村外的活計。」

「我是看不懂帳本，但找個有經驗的帳房先生，應該可以看出端倪。」譚淵自然不會怕他。「村長，既然你我互相懷疑，便一起去公堂對質如何？看是我接私活犯法，還是你身為村長，卻侵吞公款、壓榨百姓犯法？」

說到最後，譚淵已是言詞犀利，厲聲逼問。

周志坤的臉色變了幾次，怎麼也沒想到，譚淵敢公然對他叫板。「你……你簡直是要造反了！」

「爹。」周成忙替他拍背順氣。「既然他執迷不悟，要撇下村子，只顧自己富貴，您也不用再為了他們勞心，隨他們去就是。」

他們的發難，就是想用村中規矩和村民壓得譚淵夫妻妥協。第一回逼蘇如意教傘的時候，確實成功了。但他們心裡清楚，那畢竟不是律法，也不是每個村子都有的規矩。如果譚淵夫妻死活不低頭，沒辦法處罰，就算告到縣裡也沒用。

現在，不僅沒壓制住他們夫妻，反倒牽扯出許多對自己不利的事，便不敢再繼續緊逼。反正事情捅破後，以後譚淵夫妻在村裡便是寸步難行了。

只是，周成想息事寧人，譚淵可不想放過他們。

「大家真不想知道，這些年被剋扣了多少辛苦錢嗎？」底下一時沒人說話，卻已經面露懷疑。蘇如意再怎麼樣，也是她一個人的事，但譚淵說的，可關乎他們的切身利益。

盧祥左右瞧了瞧，突然開口。「譚二，你可是知道些什麼？」

譚淵冷笑一聲，站起身看向周志坤父子。「你上任十三年，我不知道到底貪了多少、吸了多少村民的血，但我知道它們的去處。」

周成暗暗一驚。

這麼多年了，他自認小心謹慎，不曾露出破綻。可譚淵是個他一直不能拿捏，也看不透的人，還當過捕快。

見譚淵如此有恃無恐，周成第一次感到慌張了。

「譚淵，我知道你與我有些私怨，但不該血口噴人。有什麼事，我們私下解決。」

譚淵連一個眼神都沒給他。「如意確實接過萬寶肆的活計，但大家可知道，萬寶肆的老闆是誰？」

「譚淵！」

譚淵扯了扯唇。「可惜呀，你們掩飾得再好，還把店鋪交給別人打理，終究不放心自己的產業放在別人名下。上回我特意去官府查，商管冊子上，萬寶肆的背後老闆，署名的可是周志坤啊。」

此言一出，周志坤和周成瞬間面如死灰。

擠在底下的村民，死寂般的沈默一下，隨即爆出巨大的喊叫聲。

「你說什麼？萬寶肆是村長開的?!」

「沒錯。」蘇如意道：「不只是風箱，以往大家做的東西，很多都以低價賣給萬寶肆，然後只分給大家一點工錢，村裡還要抽成。賣出的利潤，全進了他們父子的口袋。」

「怎麼可能?!」有些人不敢相信，一直口口聲聲說為村民辦事謀利，處處周全的村長，私下竟會幹出這種事。

「口說無憑，大家若不信，儘管去報官。這麼多年，他從我們身上吸的血，恐怕不僅一間鋪子。他可以欺瞞任何人，卻瞞不過官府的造冊。」

譚淵敢到官府對質，加上周志坤父子慘白的臉色，大家已經信了一大半。

護衛隊最先發難，他們本就與譚淵關係親厚，而且平時幹著最累最多的活計，掙的銀錢卻只能勉強餬口，一聽錢都到了周志坤父子的口袋，怎麼能忍？

「老匹夫，跟我們去見官！」

要是知道這場發難會讓他們父子栽了，周成寧願雇個人，冒險將譚淵宰了。

但現在的局面，已經不是他們可控制的，不是狡辯幾句就能扭轉。如譚淵所說，一捅到官府，便會大白於天下。

此刻，他的心裡不只恨譚淵，更恨蘇如意。恨她不知好歹，他為她費盡心機，她卻站在譚淵那一邊，毫不手軟地將他送入深淵。

周成被護衛扭送到官府前，蘇如意看見了他陰冷的眼神，無端地打了個冷顫。

第二十九章

村裡幾個有威望的人跟著去了官府，譚淵和蘇如意沒去，後面的事跟他們無關。

一家人慢悠悠地走回去。一直安穩的繞山村，從今天起，恐怕就要大變樣了。

周氏感嘆道：「真沒想到他們這麼貪心不足，不知以後村裡的人該怎麼辦？」

「能怎麼辦？各過各的。手藝不都會了嗎？省了有人在中間吸血，還能多賺點。」譚威都聽明白了，平時他是靠種地和打獵換錢，周家倒了，說不定土地會分下來呢。

齊芳想的卻是另一件事。「那木雕真能賣十兩？那店鋪會分多少錢給弟妹，怎麼從沒聽弟妹說過？」

他們知道的活計，只有絹花、腰帶這些，顯然蘇如意並未向家裡交代這筆進帳。

蘇如意早就知道周成會提起木雕，又怎會不提前想好應對之道，而且理由也很現成。她抬頭看周氏的髮髻。「萬寶肆給了三兩工錢，我見這簪子好看，忍不住就花了。」

周氏有點心疼，那可是三兩啊，要是給了她，夠全家花用三、四個月。

但這麼多銀子，蘇如意沒買什麼，卻捨得花在她身上。周氏心裡熨貼，別說同為兒媳婦的齊芳了，就是兒子，也沒買過這麼貴的東西給她。

一聽蘇如意把錢花在給周氏的禮物上，齊芳立時皺眉，便見周氏拉過蘇如意的手。

「這細嫩的手，刻個木雕得刻多久啊，就換這麼根簪子。下次可不許了。」

蘇如意笑著點點頭。「知道了。」

回了屋，蘇如意如釋重負地趴在床上。「總算消停了。」

譚淵笑道：「看不出來，妳咄咄逼人的時候，口才也不錯。」

「周成口才差嗎？有理才能走遍天下。幸好你查出萬寶肆是村長開的，不然村民們多多少少還是會埋怨我們。」

從學製傘的事，她就看出來了，繞山村的村民不算壞，只是以自己的利益為先。又很單純，沒什麼判斷力，很容易被帶著走。

不過，因為譚淵被救的事，她也看到不少人的善意，能讓他們從周志坤的惡行裡解脫出來，她還是樂意的。

蘇如意趴在床上，兩隻腳蹺起來晃呀晃，手托腮看著烹茶的譚淵。

譚淵抬頭，瞧見她專注的眼神。「怎麼了？」

蘇如意抿唇笑。「剛才你好威風，以前當捕快的時候，是不是就是這樣？」

譚淵挑眉。「不知有沒有迷住我家夫人？」

蘇如意誇他可以，但一被他反攻，立即招架不住。尤其是兩人說開後，這人越發沒臉沒皮，便翻過身去，不看他。

譚淵喝了壺茶，她仍一點動靜都沒有，湊過去一看，居然睡著了。

譚淵乾脆也脫掉外袍，抱著她睡了個午覺。

醒來後，兩人一起琢磨著寫書契。

前世蘇如意簽過跟影音平臺的合約，那可是密密麻麻好幾頁，詳細周全，要把所有可能產生糾紛和不清楚的地方都寫進去，有條款才好辦事。

譚淵寫，她在一旁想起什麼，就補充幾句。最後，兩人都覺得差不多了才署名。

蘇如意驚詫地發現，合夥人那處只寫了蘇如意和殷七娘的名字，忙握住譚淵的筆。

「只寫我一個人？」

譚淵點頭。「妳們一個出錢，一個出力，不是理所當然？」

「可沒有你，這鋪子也開不起來。」蘇如意不答應。

譚淵握住她的手揉捏。「妳都要跟我過日子了，是誰的又有什麼分別？」

蘇如意還是搖頭。「那也不一樣。你就不怕我真的跑了，什麼都不留下？」

「怕啊。」譚淵輕嘆口氣。「就是因為怕，才要寫妳的名字。」

蘇如意被他弄糊塗了。「為什麼？」

「如果咱們一人一半，妳想走的時候，才會毫不留戀，因為覺得我們互不相欠，也不需擔心我日後的生活。」

譚淵說著，笑得腹黑。「若我什麼都沒有，妳怎麼好意思全捲走呢，是不是？」

蘇如意沒好氣地捶他一下。「一肚子算計！」心裡卻不得不承認，譚淵太了解她了。

譚淵一用力，將她拉到腿上，一手攬住她的腰、一手繼續寫書契。「再說了，妳都當著眾人的面承認要養我了，我還有什麼不放心的。」

這些日子，蘇如意已經習慣了與他親近，腦袋靠在他的頸窩上。「你心裡不信我，還是覺得我想走是不是？」

譚淵放下筆，將她轉向自己。「這就跟看著一塊肉放在自己面前一樣，肯定是吃到肚子裡才能放心，妳說是不是？」

蘇如意反應過來，臉頰頓時紅了，撐著他的肩就要起身。「大白天的，你不知羞恥。」

譚淵鐵臂紋絲不動，鼻尖蹭著她柔嫩的臉頰。「跟自己夫人還怕羞恥？若是大家都這樣，那孩子們是怎麼來的？」

越說越離譜了。蘇如意嘟囔道：「又不是我不讓你吃的。」

譚淵呼吸一重，輕咬她的嘴唇。「說什麼？」

蘇如意被他一親就軟了身子，靠上他結實的胸膛，卻依然嘴硬。「什麼都沒有。」

譚淵親夠了，緊緊將人按進懷裡，重重呼了幾口氣，發狠道：「今晚等著！」

傍晚時，去縣衙的人回來了，周氏等人去大院兒聽了消息，才回家吃飯。

周志坤貪污，剋扣村民的工錢，但他咬定都是自己一人所為，帳目也是他逼迫兒子做的。除了店鋪，他們還在縣裡買了一座宅子，也是周志坤的名字。

他一心保兒子，縣令無可奈何。因為周成不是官員，財產又全在周志坤名下，只能治周成記假帳之過。

最後，周志坤被剝奪村長之位，沒收宅子、鋪子，和錢莊所存的四百兩，坐五年牢。周成則只判三個月的刑期。

「太便宜他了吧。」蘇如意咬著筷子。周成可比周志坤壞多了。

其他人卻對周志坤的家產咋舌，鋪子、宅子加存銀，加起來有上千兩。

十三年算下來，每年他從村裡貪的，和鋪子裡賺的，一年就有上百兩進帳。這哪裡是吸血，是連肉都啃了。

譚星好奇道：「以後誰當村長啊？」

「誰知道，由那群老頭子決定呢。」村長一般是由村民們推選出來的，選出來後，就會受官府管轄。

但不管是誰當村長，繞山村都不可能再沿襲統一勞作的規矩了。

入冬後，換成譚淵先漱洗，等蘇如意擦洗完上床時，被子裡已經暖了。

她如往常般靠近譚淵，忽然像被燙了一樣，猛的退後。「你、你怎麼沒穿衣服?!」他可從沒光著膀子睡過。

譚淵聲音低啞。「如意，已經要年底了。」

當初兩人約定過，若他讓蘇如意心甘情願留下，就要圓房。現在她親口說不走了，自然該兌現承諾。

蘇如意的心咚咚咚的跳，她知道會有這一天，也不排斥，甚至因為現在兩人越發親近，隱隱有些期待。

最近，兩人差點擦槍走火，要不是因為譚淵的傷，怕是早就成事了。

「你的傷……」

譚淵想了想，道：「只要妳別忍不住，用手去抓就行。」

「胡說八道！」

「行，我胡說八道。」譚淵將蘇如意攬過來，灼熱的呼吸噴在她的耳邊。「如意，我等這一天很久了。」

過了今晚，他們就是名副其實的夫妻了。
蘇如意咬了咬唇，在黑暗裡輕輕回抱住他。
譚淵得了回應，扶著她的腰，急切地吻了下去。
蘇如意被他吻得七葷八素，完全任由他擺布，相信也享受於他洶湧的愛和討好。
蘇如意是第一次，譚淵再急也得處處顧及她的感受，直到身下的人輕喘，感覺她放鬆下來，才小心翼翼地覆上她。
疼是難免的，蘇如意皺眉，忍不住痛呼出聲，雙手扣住他的肩。摸到傷疤，心一驚，忙又將手放下。
譚淵不敢再動，額頭的汗珠滴入她的髮間，嘶啞道：「抱住我的脖子。」
蘇如意雙手摟著他的脖子，柔柔地抱怨。「好疼。」
譚淵替她撥開汗濕的髮絲。「乖，等會兒就好受了。」
在譚淵輕聲安撫中，蘇如意好了些，但容納他仍有些費力。他一動，便疼得抽氣。
幸好譚淵也是頭一回，這銷魂的滋味讓他沒堅持太久。加上他捨不得讓蘇如意難受，並未刻意拖延。
事畢，蘇如意完全沒了力氣。
譚淵早在爐子上放了水壺，兌好溫水，輕柔地幫兩人清理，換了床單，又擁住她哄著。

「明日我去買藥。」

蘇如意掐了他胳膊一把。「這種事怎麼買藥，不嫌人家笑話？」

「妳不讓我看，也不知傷著沒有。」譚淵想替她揉揉，被蘇如意一掌拍開。

「第一回不都這樣，歇一天就行了。」蘇如意的不適感已經過去，天色很晚了，便打了個哈欠。「我睡了。」

「嗯，睡吧。」譚淵輕拍著她的背，一臉滿足。

此後，她的身與心皆屬於他了。

第二天，蘇如意毫不意外地起晚了。譚淵連吃早飯都沒叫她，跟周氏說，昨天吹了風著涼，讓她休息。

蘇如意想起身，某處的痠痛讓她一僵，苦著臉又躺回去。

「譚淵！」屋裡沒有人，她提高聲音喊道。

「二嫂，妳醒了？」譚星推門進來。「是不是餓了？我幫妳端早飯來。」

蘇如意揪著被子。「妳二哥呢？」

「幫妳買藥去了。」譚星擔心地看看她，又伸手摸她發紅的臉頰。「好像有點燙。」

他真去拿藥了？蘇如意沒什麼胃口，更不想動，搖搖頭。「我不想吃飯。」

譚星聽了，也不勉強，倒水給她，再遞上手巾，讓她擦擦手臉。

倒了水後，譚淵剛好回來了。

白天見到他，蘇如意更是連半張臉都躲進了被子裡。「誰讓你真去的？」

譚淵示意譚星。「妳把早飯端來吧。」

「二嫂說不想吃。」

譚淵道：「吃了藥，她就想吃了。」

等早飯端來後，譚淵將譚星打發出去，這才坐在床邊，拍著她的被子。「我跟岳叔買的是傷藥，妳怕什麼？要不，我替妳上？」

蘇如意悶悶地說：「不要。」

譚淵輕笑一聲。「行，那妳自己上。趕緊上完藥來吃飯，等會兒飯菜要涼了。」

見譚淵識趣地迴避到屏風另一側，蘇如意紅著臉，打開藥膏，自己上了藥。清清涼涼的，頓時好受了幾分。

因為這種事賴床算什麼，蘇如意緩了緩，堅持起床，由著譚淵收拾被褥，她坐在榻上吃飯，動作都不敢太大。

她一邊吃、一邊看譚淵忙活。他倒是生龍活虎，真是不公平。

「今天你睡坐榻！」吃著吃著，蘇如意忽然氣呼呼地來了一句。

譚淵愣了下，鎮定地點點頭。「好，妳不要怕冷就行。」

蘇如意洩了氣。行吧，她怎麼可能是這老狐狸的對手？

鬧過後，譚淵把人抱進懷裡。「別氣了，下回絕對等妳答應我再碰，行不行？」

蘇如意單純地點點頭，卻不知道這種事，有時候是會身不由己的。

村長選誰且不說，周志坤貪污的千兩銀子，卻是要還之於民的。

沒兩天，官府便派了捕快來繞山村了解情況。領隊的捕快是林山，他一到村子，就先來找譚淵。

「大人為何派你們來？」

不少村民聚到大院兒來看熱鬧，見三、四個捕快威風凜凜，還帶著刀，都不敢說話，唯有譚淵淡然自若地與他們寒暄。

「大人讓我們重新清點繞山村人數，除了不能勞動的孩子，按人頭將周志坤所貪銀兩分發下來。」

「真的？」村民們面露喜色，這些銀子本就出在他們身上，但他們沒奢望能拿回來。

「大人英明。」譚淵笑道：「有什麼需要我效勞的，儘管說就是。」

「我們負責登記，你在旁邊坐鎮，以免有人謊報就成。」

譚淵帶他去了帳房，然後讓護衛們挨家挨戶去通知，每家派一個人來就行，報清人口、姓名跟年紀。之前賺多賺少，縣令並不在意，只按人頭平分。

不一會兒，大院兒便排起長長的隊伍，完全沒人在意天冷，喜氣洋洋地邊聊邊等。

譚淵一邊盯著登記的地方、一邊跟林山閒聊。「大人打算如何處理萬寶肆？」

「宅子和鋪子都要轉讓。待有人買下，便能發錢給大家了。」

譚淵沈吟。「鋪子要價多少？」

林山道：「大人找人估算，土地、房子加上裡面那些貨物，最少也值四百兩。」看著若有所思的譚淵。「你可是有什麼想法？」

譚淵點點頭。「等會兒我同你一起去縣衙。」

萬寶肆開了五、六年，被孫振經營得還算紅火，關鍵是裡面賣的東西，很多是村民可以供的。

加上蘇如意的本事，她會做的可不只紅袖閣裡那些女兒用物，萬寶肆這種什麼都有的雜貨鋪，更有她發揮的空間。

他手裡沒有四百兩，但可以仿效紅袖閣，與村民一起盤下來。最近大家手裡都會有一筆進項，定會有人願意加入。

現在，他只希望縣令能把鋪子留給他，再慢慢籌錢。

中午，捕快們在村裡吃了飯，忙到下午才回縣衙，譚淵也跟著一起去了。

他見了縣令，表明來意。萬寶肆本就是繞山村的人所有，理應先由同村的人收購。縣令答應幫他留三日，若能籌夠銀錢，便把鋪子交給他。

接著，譚淵去了殷七娘那裡，向她借了一百兩。就算要合夥盤下鋪子，他也要保證自己能占大股。紅袖閣有蘇如意和殷七娘足矣，他對萬寶肆更有興趣。

其他合夥的人可以分紅，可以監督查帳，但不能插手管理經營，不然必會雞飛狗跳。

第三十章

回去後，天色已經晚了，譚淵先跟家裡人說了這件事。

大家一聽四百兩，全嚇傻了。「你要盤下萬寶肆？哪來這麼多錢啊？」

「我粗略算過了。」譚淵放下筷子。「周家的財產，折合下來大概有一千一百兩，村裡能分錢的是二百一十七人，每人大概能分得五兩銀子。」

「這麼多！」大家一喜。家裡除了小石頭，有六人可以分到錢，那就是三十兩啊。

「我向縣裡的朋友借了一百兩，還差三百兩。只要再有十戶像我們這樣的人家投銀錢入股，便能盤下萬寶肆。」

「一百兩?!」周氏一驚。「什麼朋友肯借你這麼多錢？」

這件事，譚淵辦得匆忙，沒來得及先跟蘇如意說。但她一想，這麼大方，又信任譚淵的人，定是殷七娘無疑了。

「您不需要操心這個，我會自己張羅。今天跟您說，是問問家裡想不想花錢入股？」

周氏與大房沈思起來，譚星興致勃勃地舉手。「二哥，二嫂，我也行嗎？」

譚淵笑著調侃她。「妳有多少錢？」

譚星看向周氏。「娘都幫我存著呢。」

周氏道：「她做工賺錢兩、三年，約莫二兩多吧。」遇見蘇如意之前，譚星賺得更少。

「那我也要入股。」譚星對譚淵夫妻是盲目的崇拜。「萬寶肆生意那麼好，加上二嫂的手藝，還愁不賣東西嗎？興許我那二兩銀子放個幾年，比我自己賺的還多呢。」

自己的妹妹，譚淵怎麼會虧待？當即就點頭了。「好，若是不賺錢，二哥把銀子如數地賠給妳。」

譚星這麼一提醒，大家都想起蘇如意來了。對呀，有她做的那些東西，還怕賠錢嗎？

周氏隱隱覺得，自家要變得好起來了，問譚威。「老大，你們兩口子怎麼說？」

齊芳激動道：「我也願意把分來的錢都投進去。如此一來，我們一家豈不是就有一百多兩的股？」

譚淵的臉色一冷，看著她的眼神跟看傻子一樣。「大嫂似乎是弄錯了什麼。」

齊芳愣了愣。「什麼錯了？」

「萬寶肆的股分是按人頭的，可不按每家算。以前我們賺的錢全交給娘管著，那是在出力差不多的情況下。如今，我們出一百兩，大哥大嫂加起來出十兩，卻要平分紅利？若真想平分也可以，不能讓我一個人出錢，大嫂也立即拿出一百兩入股，我絕無二話。」

譚淵這話說得很直白，也很不給齊芳這個大嫂面子，但齊芳過於理所當然的樣子，實在讓人客氣不起來。

「你！」齊芳的臉色一陣紅一陣白，氣得說不出話。

譚淵根本不想和她談，直接跟譚威商議。

「哪怕只投十兩進去，也是用錢生錢。現在村裡誰不知道如意賺錢的本事？以後萬寶肆的生意只會越來越好，我是照顧家裡人，才提前跟你們說。如果明天在村裡喊話，怕是很多人想入股，還輪不上。」

齊芳依然不甘心。「可咱們家本來就是一起賺錢交給娘的。二弟的意思是，以後你們賺的錢，不再給娘了嗎？」

「交錢也可以。」譚淵道：「大房交多少，我們交多少。」

齊芳扭頭看向周氏，那麼大一間鋪子啊，譚淵出一百兩，每個月能分多少？她不信周氏一點都不想要。

周氏嘆了口氣。「老二，你這樣說，跟分家有什麼不一樣？」

「那就分家。」孝敬歸孝敬，但不是孝敬大哥大嫂，分了家也不耽誤他孝敬老娘。何況除了萬寶肆，還有紅袖閣呢，到時候被他們知道了，難不成也要來分一份？

「老二！」周氏不悅道：「我越來越管不了你了是不是？」

「那我也來跟娘算算帳。從我能賺錢開始，每個月交的錢都不比大房少吧？尤其是如意嫁過來這幾個月，她一個人賺的就比全家人還多。可我們二房的花銷呢？除了每日一起吃飯，平時的用度恐怕還不如小石頭一個人的分。」

周氏聽了，面色有一絲窘迫。她確實很偏愛孫子，所以大房平時要錢買東西，她多半都會給。

「娘是為了孩子。等如意生一個，娘是同樣對待的。」

「我知道，所以以前沒說過什麼。」譚淵淡淡道：「但現在兒子有了小家，也要為自己打算打算。這鋪子是我出大頭，還要管經營，如意要出新品，大嫂只出十兩，卻跟我們平分紅利，我不信換成大嫂會願意。」

周氏也明白，這完全是靠二房了，確實太過不公。但畢竟沒分家，二房自己賺錢，大房心裡也會不平。

一時間，屋裡沈默了下來。

蘇如意默默埋頭吃飯，一言不發。這種事可不是一般的敏感，她只想當空氣。

半晌，譚淵突然站起身。「算了，若是因為這個弄得不愉快，那我就不盤萬寶肆了。」

蘇如意按住他。「這是什麼話？賺錢怎能意氣用事？」

譚淵冷著臉。「本來就是我厚著臉皮，擔著人情向別人借了這麼多錢，還要拉人入股。

以後盈虧全由我一人擔待，不知要操多少心，現在正好省了力氣。」

蘇如意先壓他坐下，走到周氏旁邊。「娘，若是咱們盤下萬寶肆，除了入股的錢，還有用得著您的地方呢。」

周氏緩了口氣。「要我做什麼？」

「您想啊，店鋪裡賣的貨品那麼多，要是進貨，肯定先選咱們村裡做的東西不是？以後我們接手，八成要經常待在縣裡。村裡的東西有沒有偷工減料，以次充好，還需要控制數量，我們沒工夫天天盯著，得靠您幫忙把關。」

蘇如意頓了頓，又道：「這些工錢，讓譚淵來出。您的年紀這麼大了，怎麼還能一年四季往山上跑？還有大哥，來回送貨就要麻煩你了。」

這一番話，便把一家人安排了個明明白白，周氏也有了臺階下。鋪子怎麼能不盤呢？就算銀錢不上交，對自己兒子好的事，她怎麼會攔著？

自家兒子的為人，她也清楚，是對大嫂不滿，不會不孝順她，何況還有個這麼懂事的兒媳呢。

這件事就這麼定了，錢還沒發下來，譚淵便先記下他們的名字和要出的銀錢。

今天齊芳這口氣可憋得狠了，一回房就開始哭。

「你看看，方才我被他們夫妻欺負成什麼樣了，你也不知道說句話。」

誰不喜歡錢呢？譚威也眼紅，可他貴在有點自知之明。

他沒有譚淵那麼好的頭腦，媳婦兒也沒有蘇如意那麼好的手藝，他們更沒有能借一百兩的朋友，怎麼比？

蘇如意剛嫁進來的時候，他也眼饞，他也喜愛那麼嬌美的女人，但僅限於此。知道不是他的，就死了心。

「娘都沒辦法，我能怎麼辦？」他嘆口氣。「就這樣吧，再逼二弟，他真能幹出分家的事，連十兩都不讓妳入股，到時候哭都沒地方哭去。」

「那可是一百兩。」齊芳氣道：「蘇如意做的東西賣得那麼好，要是鋪子一個月賺二十兩，他就能分五兩銀子啊。」

「一百兩也是人家出的，妳有什麼不服氣的？」譚威灌了口水。「就跟二弟說的一樣，要是讓妳出一百兩，妳願意分一半給他？」

齊芳咬牙，氣得接不了話。

大房那邊氣得要死，二房卻是一片濃情密意。

蘇如意坐在他懷裡，看著他算帳。「你怎麼想起要盤萬寶肆的？也不跟我說一聲。」

譚淵時不時側臉親她一口。「是聽以前的同僚說要轉讓，才忽然想到，來不及跟妳通氣。不過，我知道妳不會反對的。」

蘇如意笑咪咪地摟著他的脖子。「這下好了，我一間，你一間，咱們各顧各的。」

譚淵笑道：「那可不行，我這邊也需要妳，還非妳不可。」

「是嗎？」蘇如意懶洋洋地問他。「給我多少工錢呀？」

「等還了殷七娘，全歸妳管。」

蘇如意並不在意這個，卻因為譚淵的心意，甜滋滋的。

第二天，譚淵讓六子找護衛來。他也是認親疏的，將自己的打算告訴他們，問問誰願意入股。

六子頭一個舉手。他沒什麼銀錢，但依譚淵所說，他能分到五兩，就全投進去。四百兩的鋪子，入股五兩，如果一個月能賺二十兩，那六子就能分到二百文左右。之前譚淵這個護衛隊長，每月不過賺三百多文，六子也只能拿到二百多文。現在什麼都不用做，就能有這麼多錢，到哪去找這麼好的事？

盧祥多問了幾句，譚淵便把萬寶肆的情況和以後的打算一一跟他們說清楚。

盧祥聽完，立刻說可以作主，將家裡分得的二十兩全交給譚淵。

護衛隊的人信得過譚淵，也知曉蘇如意的情況，大多數人願意入股，還有幾個人不能作主，得回去跟家裡商量。

譚淵也將各種條件說得清楚明白。他出了這麼多銀子，就是要主管鋪子，其他人隨時可以去查貨驗帳，卻不能插手店鋪經營。

最後，護衛隊十四人，加上他們的家人一共四十三人，就湊到了二百一十五兩。加上譚淵夫妻的一百一十兩，周氏出了八兩，大房出十兩，譚星出二兩，便有了三百四十五兩。

這出乎譚淵意料了，原本他打算問問全村的人，如此一來，反而不能讓太多人知道。否則想入股的人太多，該收誰的，不收誰的，平白得罪人。

譚淵讓護衛只跟家裡人通氣就行，盤下來之前不要到處宣揚。沒能入股的，到時候收貨也會給他們最好的價錢，算是照顧到了。

還差五十五兩，譚淵去找了對他照顧頗多，還救過蘇如意的岳郎中。

郎中可是個好職業，也賺錢，岳郎中的家境在村裡是數一數二的。聽聞譚淵要盤鋪子，除了一家三口那十五兩，岳郎中又添了十兩。

譚淵和蘇如意拿著記帳本出了岳家，瞧著只差三十兩，不由面面相覷。

譚淵出了聲。「剩下的股分給誰？」

蘇如意好笑道：「你問我？這村裡的人，我還沒認全呢。」

她說完，忽然靈機一動。「我想起一個人來。入股不一定非得是村裡的人吧？」
「村外的？妳認得誰？」
「不是我認識的，是你認識的。」蘇如意問道：「本朝有沒有當官不能經商的律法？」
譚淵點頭。「當然有，否則生意都讓當官的做了，哪裡還有其他人的活路。」
「啊？」蘇如意撇嘴。「那算了。」
譚淵不可置信地看著她。「妳該不會想讓我拉縣令大人入股吧？」
「怎麼可能？」蘇如意白他一眼。「我是想，你不是跟幾個捕快交情不錯嗎，讓他們也入股。以後鋪子裡要是有人鬧事，還有捕快幫咱們鎮場子。」
譚淵頓住腳步，眼睛一亮。「這主意不錯。」
「可你不是說不行嗎？」
譚淵笑道：「捕快算什麼官？頂多是小吏，連村長都不算官。妳看看，縣令只治了周志坤貪污，可沒治他經商之罪。」
「真的？」
譚淵捏了捏她的手。「明日就去縣裡找人。」
離開岳家後，夫妻倆不急著回去，想到以後要忙起來了，慢悠悠地邊說話邊散步。

走了一會兒，發現前面有人，蘇如意走近一看，可不正是楊婉？

她覺得楊婉挺苦的，但想起譚淵的腿是因為楊婉沒的，楊婉還一直想跟她搶男人，就同情不起來。

她扭頭看譚淵，見譚淵半點波瀾都沒有，越過楊婉就要走。

「等一下。」楊婉咬著唇，小心地看向兩人。

同樣是女人，蘇如意還是生出了惻隱之心。楊婉的悲苦是這個時代造成的，和殷七娘她們，和嚴婆手下的那些姑娘一樣。

她拉住譚淵，問楊婉。「有什麼事嗎？」

短短幾個月，楊婉憔悴很多。她跟蘇如意年紀相仿，也有幾分顏色，現在與越發嬌豔的蘇如意比起來，越發顯得淒苦。

楊婉微低著頭，沒有去看譚淵。「我是來謝謝你們。」

蘇如意不解。「謝什麼？」

「我爹娘不肯讓我跟周成和離，我以為一輩子就這樣了，再沒有解脫之日。後來，你們揭發了他們父子，我問過捕快大哥，這種情況去縣衙告狀的話，是可以判和離的，我爹娘也答應了。」

「那恭喜妳了。」蘇如意頓了頓。「那以後有什麼打算？」

楊婉茫然地搖搖頭。「爹娘不會養我，但我又成過親……」說著說著，眼淚掉下來。
「或許會找個鰥夫再嫁，要不就給人做妾吧。」
蘇如意嘆口氣。「我幫妳找個活計，妳願意嗎？」
楊婉猛的抬頭。「真的嗎？」
譚淵扭頭看蘇如意，卻沒有要打斷她的意思。
蘇如意道：「之前聽岳瑩說，妳的女紅還可以。縣裡有個朋友開了飾品鋪子，需要繡娘，按件給錢，妳想去嗎？」
「縣裡？」楊婉十分心動，卻有顧慮。「太遠了，我……我沒地方住。」
殷七娘的宅子倒是很大，也不缺房間。可是她們的身分，一般人還是會顧忌吧？
蘇如意是一時衝動，現在犯了難，求助地望向譚淵。
譚淵無奈地看她一眼，直接了當道：「她們都是從了良的女子，可以管妳吃住，宅子也很安全。若妳在意這個，就只能算了。」
楊婉驚愕，隨即沈默一下，下定決心後，抬起頭。
「既是從了良，那就是良籍。我不想住在村裡，一出門就被指指點點，我想去。蘇……譚夫人，妳幫幫我吧。」
「那妳爹娘肯嗎？」

楊婉苦笑一聲。「我不想再成親，若他們逼我，大不了我就死。如果我能賺錢養自己，不需要他們養，想來他們也不會管我。」

蘇如意點頭。「那妳今天回去跟妳爹娘說好，收拾東西，明天我們去縣裡，順道送妳過去。但妳要答應我，不准向任何人透露妳的活計，也不能說出妳做工的地方，更不能洩漏那群繡娘的身分。」

楊婉立刻舉起手。「我發誓，絕不說半個字。」

「好了，那妳回去吧。」蘇如意拍拍楊婉的肩。看到一個苦命人從泥濘裡爬出來，她是打心裡高興的。

楊婉又流下淚來，撲通跪下。「謝謝妳。還有，我對不起妳。」

蘇如意的靈魂裡是現代人，哪裡敢受這大禮，嚇得忙將楊婉扶起來。「這是幹什麼？快起來。」

楊婉起身，又連聲道謝，才流著淚走了。

看著楊婉走遠，譚淵才道：「妳就不怕她對我賊心不死？」

蘇如意噗哧笑出聲。「真當你是香餑餑呢？以前她是被周成折磨得沒辦法了，只能抓住你這根救命稻草。人都是有骨氣的，但凡給她一條別的活路，她也想活得像個人。」

譚淵聽了，忽然握住她的手，放在唇邊親了一口。想起了她的遭遇，眼裡是化不開的心疼與溫柔。

「妳也給了我一條別的活路。」

自從腿傷後，他不知渾渾噩噩了多久。護衛的進項只夠餬口，他竟也那麼混了幾年。要不是娶了蘇如意，要不是她那麼每天充滿幹勁與希望，要不是她燃起了他想給她更好生活的心，他怕是一輩子就這樣了。

第三十一章

第二天一大早，六子趕車，送譚淵夫妻和楊婉去縣裡，還有個譚星非要跟著去玩。

蘇如意讓譚星跟譚淵去縣衙，自己領著楊婉去了殷七娘那裡。

楊婉拿著一個包袱下車，沒想到要住的地方是這麼氣派的宅子。

蘇如意敲門後，報了身分，吳泰才打開門。

兩人根本不需要多餘的客套，吳泰甚至連蘇如意身後的陌生女子是誰都沒多問，直接帶她們去見殷七娘。

楊婉抱著包袱，一路戰戰兢兢跟著蘇如意。因為提前知道她們的身分，不知該如何跟這些繡娘相處，侷促得很。

天氣冷，大堂的門緊閉著。吳泰推開門，讓兩人進去，便關門走了。

「如意。」殷七娘笑著迎上來，一眼看見她身後的女子。「這位就是妳說的朋友？」

「不是，是我們村裡的人，家裡有些困難，但女紅不錯。」

殷七娘沒多問，痛快道：「那就留下吧。」

她拉過楊婉，親切地問：「姑娘怎麼稱呼？」

「楊婉。」

「楊姑娘。」殷七娘招呼了聲，喊凌月過來，帶她去安置。「有什麼需要和不懂的地方，儘管開口，安心住下就是。」

把楊婉交給殷七娘，蘇如意很放心，又將寫好的書契拿出來給她。「妳看看，可有什麼要補充的？」

殷七娘仔細讀了一遍。「沒有，這比我想的周到多了。不過……譚大哥真是對妳一往情深啊。」署名處只有蘇如意跟她的名字，將產業完全交給家中婦人，這樣的男人幾乎是鳳毛麟角。

兩人簽字，按下手印，便各收起一份了。

蘇如意忙完，與六子去縣衙找譚淵。

譚淵已經辦好了事。入股的人泰半拿不出那麼多錢，現在交給縣衙的只有一百多兩銀子，但縣衙在發錢的時候，可以扣掉這些人的分。

拿到地契後，林山跟著他們去了萬寶肆。

萬寶肆已被貼上封條，林山將封條撕了，把鑰匙交給譚淵。

「以後這就是你的了。」

林山也入股十兩銀子，所以現在看著這間鋪子，覺得挺親切的。

譚淵向他道謝，帶著蘇如意等人忙活起來，清點貨物。

譚淵走動不方便，負責記錄。譚星、蘇如意和六子負責盤點商品種類和數量。

中午，六子出去買了十個包子跟兩道菜，幾人在店裡吃完，下午又開始忙。

萬寶肆本就不小，何況還是雜貨鋪，大大小小的東西不少，除了貨架上的，還有倉庫裡的東西，種類多又細緻。

眼看半天工夫根本忙不完，見天色變暗，譚淵鎖了門，直接帶幾人去住客棧。

因為不放心譚星單獨睡一間房，蘇如意陪著譚星，譚淵和六子湊合住了一晚。

幾人在縣裡待了兩天，重新打掃店鋪後，再次開門做生意。

之前六子一直說要跟著譚淵幹，這回是真有營生了。他機靈會說話，譚淵又信得過，店小二除了他，再沒有更合適的人選。

二樓有間耳房，雖不算太大，但火爐、睡榻、櫃子應有盡有，剛好可以讓他住下。

重新開張頭一天，譚淵看著店，又讓六子出門跑腿。他要找房子，當然不是買，只是先租個近一點的小院子。

「二哥，以後你要搬來縣裡住嗎？」譚星知道，周氏和譚威他們會待在村裡幹活，以後她不能經常見到譚淵跟蘇如意了。

「嗯。」

譚星嘟著嘴，比起住在家裡，她更想跟著二哥夫妻，可又不好一直賴著他們。

蘇如意見譚星悶悶不樂，笑著摸了摸她的腦袋。「找到房子後，幫妳準備一間房。以後大哥來回送貨，妳想來的時候，就搭他的車來住幾天。」

「真的？」譚星眼睛亮了。

蘇如意比他還寵妹妹，譚淵便由著她。等還完債，有了積蓄，他就會在縣裡買房子，不跟大房一起吃住，其實就跟分家差不多了。

至於他娘，每個月按例給錢，讓她過得滋潤便好。比起跟他們來縣裡，他娘更喜歡有熟人，還有孫子陪伴的繞山村。

譚淵在理帳，蘇如意也沒閒著，將倉庫裡的材料整理好，看看能做什麼用。

六子辦事很俐落，半天工夫就找到兩家出租的院子，要等他們去看過再決定。

中午，幾人上麵館吃了麵後，去看房子。兩間院子都離萬寶肆很近，跟紅袖閣也不遠。

六子帶幾人進了胡同，在第三家門口停下，敲了敲門。「老伯，我們來看房。」

沒一會兒，院門被打開了，一個五旬老人走出來。「進來吧。」

這院子不算大，但有六間房，一應家什都有，院子乾淨敞亮，打掃打掃便能直接住。

譚淵全看蘇如意的意思，他是怎樣都行。蘇如意連廚房、浴房都看過，才點頭。「就這間吧。」

六子也說這間比另一間好，只是小些，一個月租金八十文，比起譚家的房子要好許多。

譚淵與房東簽了書契，一次付清半年租金，便準備搬來了。

蘇如意很是興奮，雖然這裡是租的，但只有她和譚淵住。比起譚家，她覺得這裡更像是她跟譚淵的家。

辦完縣裡的事，就要回村收拾東西了，他們想在紅袖閣開張之前搬過來。

家裡人知道他們要搬到縣裡，尤其是齊芳，是不滿又嫉妒的。但有了前幾次教訓，她知道拿捏不住譚淵，沒有開口說什麼。

蘇如意在家收拾行李，譚淵去見了村裡這幾天新推舉的村長喬玉林。

喬玉林也算是繞山村有些威望的老人了，今年四十有三。

說他有威望，因為他正是前任村長在任時的帳房先生，那時候也是統一勞作，但帳目從未出過岔子。後來，周志坤上任，便辭退他，讓周成頂上去。

「喬伯。」

喬玉林剛接手，事情有些多，看見譚淵，笑咪咪地請他進來，讓妻子倒了茶。

「早想跟你談一談，但你一直不在家。今天來，是不是找我有事？」

譚淵點點頭。「想談村裡的貨源。」也說了盤下萬寶肆的事。

「你盤下了萬寶肆？」喬玉林驚詫。「你哪來那麼多錢？」

「我與護衛隊的兄弟們一起湊的。」譚淵沒有細說。「雖說村裡不會一起勞作了，但除了種地、打獵，大家的手藝也不能荒廢。我想著，與其從外面進貨，不如方便大家。」

「你仔細說說。」繞山村算是十里八鄉比較窮的村子，喬玉林也正發愁呢。

「目前為止，大家做的東西，萬寶肆都可以賣。我願意先收購咱們村裡的貨，但不會出材料，收購價錢也會提前訂好，全憑大家自願，煩勞喬伯跟大家說一聲。」

「這可是好事啊。」喬玉林喜道。以後大家各自維生，找下家確實是件麻煩事，店鋪可不愛收零散的東西。去集市賣，不但浪費時間，利潤還低。

「那你還有什麼其他要求嗎？」

「公歸公，私歸私，有些事提前說好，免得到時候不愉快。」

譚淵也提了幾個要求，無非就是貨品的質量。他不管材料，但東西和做工絕對不能差，不能糊弄。他不會念及情分，東西不行就不會收。

做好的東西，可以送去譚家，讓周氏檢驗，然後登記。由譚威送去縣裡，他統一結帳。

「這是應該的。若誰埋怨，就自己去賣。」譚淵解決了喬玉林一大頭疼事。

事情談完，喬玉林送譚淵出門時，猶豫一下，開了口。

「譚二，要是你覺得失禮，當我沒問。如果你家媳婦還有新東西，可否讓村民來做？村裡不會抽成的。」

「當然。」譚淵笑道：「畢竟是要放到鋪子裡賣的，只要賣價好，自然也會出高價跟大家收。」

喬玉林感嘆。「你們夫妻是村裡的大功臣啊，要不是你這腿……村長由你來當，再合適不過。」

譚淵失笑。「您可別取笑我了。您回去吧，有什麼事，隨時找我。」

譚淵回去後，東西都收拾好了。房裡也沒什麼，除了換洗衣服和成親剛做的新被子，加上貼身用品，其他都沒帶，逢年過節還是要回來住。

六子在縣裡看鋪子，這回送他們的是盧祥和鄭奇。

因為入股的人太多，不可能人人都去查看，便推舉這兩個大家信得過的人，負責跟譚淵對帳，半年分一次紅。

房子提前打掃過了，東西也不多，蘇如意自己留下收拾，譚淵帶盧祥跟鄭奇去了鋪子。

蘇如意把床鋪好，衣服放進櫃子裡，收妥做手工的材料。其他柴米油鹽之類的東西，都需要再去置辦。

她也有了張可以寫字、做手工的案桌，想了想，把需要買的一一寫下來，然後在比以前至少大一半的床上躺下，好好睡了一覺。

醒來後，天已經黑了。

蘇如意猛的起身，四周靜悄悄的。她有點害怕了，以前哪怕就她一個人在家，卻是好幾個人住一個院子呢。

她起身點油燈，添了炭火，想出去找人。

推門出院子，一陣冷風吹過。她有點擔心，這個時辰，鋪子應該早關門了，譚淵怎麼還沒回來？

她想了想，進屋披上斗篷，提著自己做的小兔兒燈籠，打算去看看，反正萬寶肆離這裡很近。

她剛打開院門，忽見門口有個黑影，嚇得驚呼一聲，又把門關上。

「是誰?!」

「妳家夫君。」譚淵帶著笑意道。

蘇如意睜大眼，忙打開門將燈籠湊過去，鬆了口氣。「真是你啊。幹麼跟鬼一樣，沒出聲音，嚇死我了。」

譚淵搖頭。「我也不想。誰叫有人睡得太沈，我敲了半天門也沒人應。」

蘇如意臉頰一紅。「我完全沒聽見。」

譚淵伸手揉了揉她的帽子。「今天累著妳了。走吧，出去吃飯。」

蘇如意打著燈籠，放慢腳步走在譚淵身側，滿臉笑咪咪的。「我們去吃什麼？」

「今天算是我們的喬遷宴，由妳來選。」

蘇如意挺餓的，這是他們新生活的開始，偶爾奢侈一下也無妨。

她拉著譚淵，進了一家不大的酒樓，點了兩碗餃子、一道筍乾炒肉、一隻醬板鴨，加上熱呼呼的羊湯。再多，他們也吃不了。

「六子吃什麼？」

「我讓他一起來，他不肯，自己買了包子。」對於六子的小心，譚淵也沒辦法。

蘇如意喝了口熱茶。「天天到外面買不是辦法。反正我們每天都要做飯，順便幫他帶些過去。」

譚淵若有所思。「妳是我的媳婦兒，不能總伺候他呀。六子老大不小，該成家了。」

蘇如意好奇了。「什麼意思，你要給他牽線？」

譚淵笑了聲。「說不定是亂點鴛鴦譜。」

聽他話裡的意思，好像真有人選。但蘇如意想了一圈，好像沒見過六子跟村裡哪個姑娘走得近。

「誰呀？」

譚淵神秘兮兮的。「過些日子，若有眉目再說不遲。」

蘇如意撇嘴，剛要追問，餃子先上桌了。這個時辰，客人不多了，菜上得格外快。

蘇如意一心一意地填肚子，最後還剩半隻鴨子，用油紙包起來。結帳的時候，掌櫃抹了零頭，一共是一百一十文。

蘇如意有點心疼，出了酒樓道：「一頓飯就是半個月的工錢，這才叫花錢如流水。」

譚淵卻想著她剛才吃飯的享受模樣，心道她就該過這樣的日子才對。

回去後，蘇如意燒了鍋熱水，兩人漱洗後鑽進被窩。雖然這張床大多了，但蘇如意仍緊挨著譚淵，只占據小小的一側。

「縣裡好像比村裡暖和？是我想多了？」

譚淵拍著她的背。「這房子沒有村裡的老舊，又不是土坯房，自然要保暖很多。」

蘇如意把臉埋在他炙熱的胸膛前，呼了口氣。「真好，只有我們兩人。」

譚淵輕咳一聲。「既然只有我們，又是喬遷之喜，是不是該做點什麼慶祝一下？」

蘇如意默不作聲，但譚淵太了解自己的小妻子了，以她的臉皮，是不可能聽見她點頭說個好字的。不說話，就是默認了。

譚淵的手滑向她的腰，蘇如意的身子便一軟。兩人試過幾次，從剛開始的不適，到後來各得其歡，蘇如意也嘗到了妙處。

只是，之前的院子太小，周圍全住著人，牆壁又薄，兩人還是很小心的。

但今天他們十分情動，心裡又沒了顧忌，譚淵驚喜於她的迎合，哄著她變了花樣，鬧到半夜才作罷。

一早，蘇如意醒來時，譚淵已經不在房裡了。她揉了揉發痠的腰，暗暗下定決心，再也不順著他胡來。

她起來穿衣，發現案桌上的字條，讓她去鋪子吃早飯。

蘇如意漱洗完，鎖上門去了萬寶肆。

六子在一樓招呼客人，看見蘇如意，匆匆打了個招呼。「二哥在耳房。」

蘇如意點頭，抬步上樓。

兩個客人直勾勾地盯著她的背影。「夥計，這就是你們鋪子的新老闆娘？」

六子臉色一冷。「這是我們家夫人。」

另一邊，蘇如意抱著湯婆子進了耳房，湯婆子是譚淵特地從店裡的貨物中選了一個讓她用的。

「忙什麼呢？」不知譚淵又在寫什麼了。

譚淵倒是精神奕奕，看見嬌豔的小妻子，招手讓她過來。

蘇如意脫下斗篷掛好，坐到他身旁。「補貨清單？」

「嗯，這是急缺的。等大哥來了，讓他拿回村裡，先做這些。」譚淵從食盒裡拿出兩個包子。「還溫著，快吃。」

蘇如意小口咬著包子，想起什麼就讓譚淵添上。

吃過東西後，蘇如意便要去添置家用什物。

「還用得著出去買？」譚淵笑道：「鋪子裡不都有嗎？花到別家，不如花到自家。」

「鍋碗瓢盆倒是可以，吃的跟喝的得買。」蘇如意打算中午就開始自己做飯呢。

譚淵不放心她一個人出門，齊勇和周成就是前車之鑑，何況更魚龍混雜的縣城。可他行動不便，以後她每日往來送飯，也不可能一直陪著她。

他將寫好的清單收好，起身下榻。「我陪妳去。」

蘇如意對縣裡不熟悉，跟著他走，發現竟走到了鄭曉雲待的繡樓，納悶地扭頭看譚淵。

「來這兒幹什麼？」

「上回鄭曉雲不是說，每個月可以歇息一天？妳去找她，讓她今天請假。」

蘇如意不知道他要幹什麼，但肯定有事。

這會兒時辰還早，繡樓剛開門，蘇如意請門房叫鄭曉雲出來。

鄭曉雲看見她，一臉意外。「如意，妳怎麼這時候來了？」

「妳這個月休假了嗎？」蘇如意問。

鄭曉雲噗哧一笑。「這才月初，我休哪門子假。」

「好，妳現在去請假，我有事找妳。」

鄭曉雲沒問是什麼事，直接進去找管事娘子。沒過一會兒，她換了衣裳出來，才發現譚淵也在。

「什麼事呀，這麼著急？」

「先去買東西，回頭再說。」

蘇如意買了些食材跟調料，三人才回了萬寶肆。

鄭曉雲得知萬寶肆是他們開的，立時驚呆了。

「這真是你們開的？這才幾天啊，你們就開店了？」

當初譚淵從嚴婆手下買蘇如意時，連十五兩都出不起，是嚴婆覺得她還能逃回來，才十兩賣與他，可見譚家多窮了。

「跟人家合夥開的。」譚淵帶著她們進去。

「二哥，你們回來了？」六子忙上前來接蘇如意手裡的東西，抬頭看見她身後的鄭曉雲，愣住了。「妳是？」

鄭曉雲笑著道：「喲，是這位小哥，你也幫如意來做事了？」

六子被她一笑，小麥色的皮膚不顯，耳根卻有些紅了。「是啊，快進來吧。」

若是之前，蘇如意可能不會放在心上，昨天聽譚淵那麼一說，多留意了幾分，立即察覺出不對勁。

她詫異地在兩人之間看了看，又瞥向譚淵。

譚淵輕笑著搖搖頭，帶著她去耳房說話。

鄭曉雲興奮地逛了鋪子一圈，才跟著進來。「太厲害了！這麼大的鋪子，如意真是嫁了個好郎君。」

譚淵很清楚不只是他的本事，但沒必要跟外人細說，只問她。「之前妳說不想待在繡樓了，可是真的？」

鄭曉雲癟嘴。「不想待有什麼用，也沒處去。」

蘇如意明白譚淵的意思了，幫她倒杯水。「看我，最近都忙得忘了。我與一位朋友開了一家飾品鋪子，裡面賣些女兒家用的東西，用得著繡娘。上次我與她說了，答應妳來，妳覺得怎麼樣？」

「真的?!」鄭曉雲激動地站起身，連水都灑出去了，隨即又愕然道：「妳也開了一家鋪子？」

不過短短幾個月而已，到底發生了什麼事？難不成鋪子是院門，想開就開？

「嗯，肯定比妳在繡樓賺得多。」蘇如意簡單說了一下殷七娘等人的情況，依鄭曉雲的性子，應該是不會介意的。

鄭曉雲當然不介意，她們的境況也沒好到哪兒去，毫不猶豫道：「我想去。何況妳也在，怕什麼？」

「那我下午帶妳去見見七娘，讓她幫妳安排房……」

「不必了，讓她住我們那裡吧。」譚淵開口道。

「啊？」鄭曉雲知道譚淵夫妻在縣裡租房子，連她都覺得不合適。「沒關係，我跟她們一起住就行。」

「讓妳住，不是沒有緣故的。」譚淵道：「我行動不便，如意要每日往來家裡與萬寶肆，等飾品鋪子開張了，也需要她奔波。只有她一人，我不放心，妳陪著便有個伴兒，不管她做什麼，都希望妳能搭把手。當然了，工錢和吃住，我們來出。」

這麼一說，比起陌生人，鄭曉雲還是更願意跟蘇如意住在一起。「如意，真的不麻煩你們嗎？」

譚淵說得有道理，蘇如意自然不會拒絕。何況，譚淵恐怕是想讓她天天帶著鄭曉雲去萬寶肆，六子就能天天見到鄭曉雲了。

六子雖窮，但家裡沒有公婆妯娌，不會嫌棄鄭曉雲的身分，又踏實厚道。兩人若能日久生情，她也是喜聞樂見的。

鄭曉雲起身，鄭重地向譚淵道謝。「我跟如意之間，雖然以名字稱呼，但她比我大一歲。我們從小長大，情同姊妹，如果不嫌棄，以後我叫你姊夫可行？」

譚淵點頭，這樣一來，就算同住一院，也免得人們多說閒話。

談好後，蘇如意和鄭曉雲先拿食材回去。

鄭曉雲喜氣洋洋的。「沒想到咱們還能再住一起，我太開心了。」

蘇如意放下手上的菜。「紅袖閣的姑娘已經夠多，除了妳，我沒辦法把其他人請來了。若她們埋怨……」

「有什麼可埋怨的？」這幾個人中，鄭曉雲只跟蘇如意交情好。「妳又不欠誰，我們能從火坑出來，便該感謝你們了。哪怕妳不管我，我也不怨妳呀。」

蘇如意輕嘆口氣。「也就妳這樣想罷了。」

不過，她確實沒必要在乎就是。

蘇如意和鄭曉雲將廚房擦洗一遍，已經快中午了，便忙著做起飯來。

之前嚴婆沒讓她們學過廚藝，鄭曉雲也不會。但待在繡樓這段日子，要輪流做飯，她便學會一些簡單的菜色。

但看到蘇如意熟稔的廚藝時，她仍驚嘆不已。「妳什麼時候學會的？還有妳的手藝，當初姊夫去問我的時候，我還不信呢。」

蘇如意無語地看她一眼，當初可害得譚淵懷疑了她一陣子呢。

雖說現在欠債一百兩，是個大數目，但以後的日子有了希望，蘇如意並不發愁，不打算為此就委屈自己省吃儉用。

她做了紅燒肉，裡面加了五顆雞蛋。再炒了辣椒豆腐，熬蘑菇青菜湯，又熱了昨天剩的半隻板鴨。

鄭曉雲煮了一鍋米飯，做好後，兩人就去鋪子送飯了。

中午沒什麼客人，六子暫時將門從裡面拴上，一起到耳房吃。

鄭曉雲將碗筷擺好，早就饞得不得了了。

「如意做的飯，聞著就香。繡樓每頓飯只有一、兩道肉菜，分到嘴裡沒兩口不說，還捨不得放油。」

六子吃了口豆腐，目光卻追隨著鄭曉雲。剛才二哥說了，以後她就跟著二嫂做事，還要天天來送飯，覺得自己幹活都多了幾分勁兒。

他也說不清自己是什麼感覺，第一眼看見鄭曉雲時便想，他從沒見過這麼可愛的姑娘，圓嘟嘟、水靈靈的，讓人瞧著就歡喜。

蘇如意幫譚淵挾了塊紅燒肉。「吃過飯，我和六子陪曉雲去繡樓，跟管事娘子說一聲，順便搬她的行李。」

六子立刻點頭。「鋪子裡有輛小推車呢，我推去幫忙搬。」

「謝謝。」

鄭曉雲甜甜地對六子一笑，讓六子的心跳慢了半拍。

鄭曉雲的賣身契在官府，繡樓是留不住人的。他們也沒想留人，鄭曉雲的女紅沒好到非她不可的地步。

她收拾東西的時候，王秀等人追過來問：「妳幹麼突然要走，以後一個人怎麼辦啊？」

鄭曉雲不想瞞她們，蘇如意也沒要求她保密。青陽縣就這麼大，蘇如意還開了店，以後肯定會知道的。

「我不喜歡這裡。」鄭曉雲頓了下，道：「我不喜歡那些繡娘，跟她們關係也不好，所以求著讓如意帶我離開，幹點別的活計。」

「是蘇如意要帶妳走？她想讓妳幹什麼？她連養活自己都難。」王秀還記得，上次蘇如意來的時候，穿的是粗布麻衣，還沒有她穿得好。

「餓不死我就行。」鄭曉雲有些感嘆地看著這群人。

她們是一起來的，起初都被看不起，感情應該更好才對。但王秀等人巴結上一些繡娘，為了不受排擠，也會討好她們。

鄭曉雲覺得這是人之常情，人家沒什麼不對的，只是為了讓自己過得好。她不會那一套，有些格格不入，現在也沒什麼留戀的。

幾人把她送到門口，見一個十七、八歲的小夥子迎上來，一把接過她的行李。其實，包袱裡只有一床被子和幾件換洗衣裳。

站在門口的，還有等她的蘇如意。

「如意？」再次見面，若不是看臉，其他人都不敢認了。

蘇如意一身水藍色褙子，還是綢面的，手裡捧著精緻的湯婆子，臉色比起前幾個月又紅潤幾分，還胖了些，彷彿搖身一變，從村姑變成了少奶奶。

其實，蘇如意哪裡捨得買這種衣裳，是殷七娘送她的。

蘇如意衝幾人笑了笑，但不知該說些什麼。早知她們會出來，她就不過來了。

鄭曉雲上前挽住蘇如意的胳膊，不讓她為難，衝著幾人擺擺手。「天冷，妳們進去吧，有空我回來看大家。」便與蘇如意離開了繡樓。

六子幫鄭曉雲把行李送去院裡，就回鋪子忙了。

蘇如意陪鄭曉雲安置好。「過幾天，我小姑子也來住，就更熱鬧了。」

鄭曉雲整個人神清氣爽。「需要我做什麼？妳說吧。」

蘇如意見她一點都不累，道：「我帶妳去看看飾品鋪子，後天就開張了。」

「好啊，走！」鄭曉雲來青陽縣才幾個月，只休息過兩天。因為沒什麼錢，連縣裡都沒好好轉過，其中一天還是在屋裡睡大覺。

紅袖閣不遠，兩人走一刻鐘就到了。牌匾已經做好，但還沒掛上，從外面看，也就顏色好看，亮眼一點。

不過，鄭曉雲依然很驚訝。「鋪子這麼大，有兩層樓？」她以為是之前去過的，只有一層樓的小店鋪。

現在大門緊閉，但蘇如意知道裡頭有人，上前敲了幾下。「是我，蘇如意。」

繡娘們這才打開門，趕緊讓兩人進來。

外面看來冷冷清清，裡面卻熱鬧非凡，鄭曉雲驚愕地看著七、八個年輕貌美的姑娘，此時正在忙碌地擺貨，貨架上已經放滿了大半。

「如意來啦？」大家紛紛熱情地打招呼。

蘇如意笑著介紹。「這是我朋友，大家叫她曉雲就行。」

互相認識後，鄭曉雲也沒閒著，跟著幫忙上貨，有不懂的就去問。她那性子，沒一會兒就跟大家混熟了，瞧著比蘇如意還熱絡呢。

她邊擺邊感嘆。「我沒見過這麼漂亮的絹花。這個包包好可愛！這又是什麼？」

聽了其他繡娘的介紹後，她麻木地看著蘇如意，一樣在嚴婆手底下調教，一樣從七、八歲養到現在，怎麼蘇如意就悄悄長成這樣了？

但看著氣派的店鋪、漂亮的商品，還有這麼多和善的姊姊，她是希望滿滿，對以後的生活有了無限期待。

看天色不早，兩人回去做飯。有鄭曉雲幫忙，蘇如意確實省事不少。

中午譚淵讓她送飯，晚上嫌太黑太冷，不讓她送。若六子要吃，就自己來，不來就自己去買。

之前六子是自己買晚飯，但今天跑得比誰都快，時辰一到便鎖上門，跟著譚淵來蹭飯。

六間房子，譚淵夫妻睡主屋，旁邊就是浴房。東屋兩間房，一間留給譚星，另一間讓鄭曉雲住。

西屋有廚房和一間倉房，沒有飯廳。夏天能在廚房吃飯，冬天便端進主屋吃。幸好主屋是這幾間房裡最大的，還分裡外。蘇如意將桌子擺在外間，用來吃飯。

今天鄭曉雲挺興奮的，吃飯時一直問鋪子的事，有好幾樣東西都想學。

蘇如意話不多，尤其是吃飯的時候。譚淵更少搭理她，六子便成了陪鄭曉雲說話的人。六子雖然不懂紅袖閣的事，卻興致勃勃地把蘇如意在村裡做的那些新鮮玩意兒告訴鄭曉雲。鄭曉雲聽得津津有味，兩人越聊越投機了。

夜裡，蘇如意泡腳的時候，忍不住笑道：「我看曉雲跟六子有戲。」

「不急，看緣分吧。」能聊得來，也不一定能互相喜歡。譚淵記得，他剛認識蘇如意時，兩人可是相看兩厭。

蘇如意不再說了，問道：「鋪子生意怎麼樣？」

「還好，畢竟是這麼多年的店了。」譚淵漱洗完，先上了床。「但我總覺得事情沒那麼簡單。」

「啊？」蘇如意一愣。「什麼沒那麼簡單？」

「按之前大人查到的，周志坤每年能從村子裡拿六十兩，但他的資產一共才千兩銀子。

算起來，一年只賺一百兩，這鋪子每年賺四十兩。」

「嗯，哪兒不對？」

「這幾天的利潤算下來，這鋪子一個月最少能賺七、八兩。」

蘇如意驚訝轉身看他。「你是說，光這間鋪子，其實一年就能賺上百兩？」

「是，但為了不讓人發現，這些年他們父子依然住在村裡，也不敢奢侈張揚，頂多暗中吃點好的，能花多少？」

蘇如意微張著嘴。「你的意思是，官府並未找到他們所有的錢？」

「周志坤老奸巨猾，周成心機深沈，他們就沒想過有一天會被揭發？會不替自己留下後路？」

譚淵說著，眸色漸深。還有兩個多月，周成就能出獄了。

蘇如意將腳擦乾淨，吹燈上床，譚淵立刻將她摟過去。

「那你想怎麼辦，繼續查？」

若換成其他人，譚淵沒那個興趣花費精力查。可周成不同，那是差點殺了他的人。

周成從牢裡出來後，手裡又有錢，豈能善罷甘休？

「不好查。」譚淵語氣凝重。「連官府都沒查出來，表示產業可能根本不在青陽縣，最起碼，不在他們名下。就算查出來了，也不能證明是他們的錢。」

蘇如意聽他心情不好，湊過去，在他冒了鬍碴的下巴上親了一口。

「就算他還有錢，經過這回教訓，也得夾著尾巴做人。別擔心。」

譚淵握住她的手，應了一聲，心裡卻未輕鬆多少。

但不管怎麼說，還是過好自己的日子最重要。

第三十二章

兩天後，紅袖閣終於要開張了。

為了不惹非議，安穩做生意，繡娘們並不會在鋪子露面，只待在宅子裡做工。

殷七娘負責照看店面，前幾年她被譚淵所救之後，就不再接客，倒也適合。

但鋪子有兩層，光靠殷七娘不行，便讓凌月也來鋪子幫忙。凌月命好，是之前老鴇剛買來的，還未來得及接客，殷七娘就接手了，只讓她幹些雜活，未曾拋頭露面過。

沒幾個男人會來這種店，應該還是無礙的。

開業那天，殷七娘看著貌美柔弱，但身邊站了個高大壯碩的吳泰，那陣仗就夠唬人了。

蘇如意混在看熱鬧的人群裡。沒辦法，現在還不能讓人知道這鋪子跟她有關係，村民倒是無所謂，可暫時不能讓家裡的人知道。

等殷七娘說完場面話，又用木盤擺了幾個漂亮的貨品給大家看，便開門迎客。

不管買不買得起，這麼漂亮的東西，怎麼會不吸引姑娘跟婦人們，蘇如意也跟著眾人進去逛逛。

這回不像上次鄭曉雲來的時候，還到處堆得亂糟糟的，貨品已經全部擺齊，乾乾淨淨，琳琅滿目，讓人眼花繚亂，到處能聽見驚嘆和誇讚聲。

原來的宅子裡有供姑娘打扮的半身鏡，殷七娘搬來一面，讓客人們試戴照看。吳泰什麼都不懂，只能充當保鏢，殷七娘和凌月忙得腳不沾地。因為快過年了，有些家境寬裕的人家，就張羅著置辦東西，店裡熱鬧滾滾。

蘇如意身為客人，不好多介紹，就不停地試，一會兒戴朵蝴蝶結絨花，一會兒揹個小包在鏡子前擺弄，一會兒試試帽子或簪子之類的。

她本就長得好，什麼東西戴到她身上都出色幾分，更何況還是這麼漂亮的飾品。她一試，看著就更讓人心動了，根本是賣家秀。

現在，她一個人簡直試了一整套，頭上插著一支俏皮的白兔啃蘿蔔絨毛簪，揹著做成兔子形狀的小背包，還有兩隻兔耳朵乖乖垂著，連耳環吊墜都刻成了兔子樣式。

鄭曉雲拍手，恍然道：「哎呀，這是一套啊。」

眾人圍著她打量，可不是嗎？今年是兔年，有屬兔的或是家人屬兔的客人，覺得十分新奇，又有意思，立刻找來同款買了。

殷七娘對蘇如意眨眨眼，去櫃檯收錢。

蘇如意也就是湊個熱鬧，好東西誰能不識貨，興致勃勃地待了一個時辰，才帶著鄭曉雲回去。

「這些東西比別家店裡賣得貴，居然還有這麼多人買。」鄭曉雲感嘆道。

「就是要與一般的分開來，讓大家知道紅袖閣的東西別具一格。不要小看了女人的荷包。」

生意沒問題，蘇如意就不打算常去了，更想多做些新品，畢竟不是只有紅袖閣一家鋪子等著她的新貨。

她沒閒著，身邊還有個鄭曉雲要教。不久後，譚威來送貨時，也把譚星送來了。

譚星這一住，根本不想走了，天天一口一個二嫂，一口一個曉雲姊，開心得樂不思蜀。在村裡，她沒什麼玩在一起的好朋友，待在家更是無趣。在縣裡吃得好、住得好，除了二嫂，還多了個有趣的大姊姊陪她，便直接讓譚威傳話，說過年時再跟二哥、二嫂回去。

說過年，也就是一眨眼工夫。萬寶肆跟紅袖閣都打算歇十天，年前三天，年後七天。

現在譚淵和蘇如意已經不交錢給家裡了，理由就是還債。不過，他們每個月給周氏五百文工錢，譚威則是二百文，他們也說不出什麼。

逢年過節的孝敬是少不了的。年假頭一天，他們沒急著回去，而是去逛街買年貨。

鄭曉雲說什麼都不肯跟他們回村，跑到宅子裡，跟殷七娘她們過年去了。

譚淵和蘇如意帶著譚星、六子，喜氣洋洋上街去逛。年二十八，街上店鋪都貼了春聯、掛了燈籠，人們絡繹不絕，年味十足。

蘇如意提早幫自己和周氏、譚星、譚淵訂了新衣，現在已經拿到手，其他的無非就是買些吃的。

譚星十分喜歡瓜子、花生之類的乾果。往年他們也會買，但少得可憐，只能在過年的時候分一把吃。

蘇如意每樣各買了一斤。知道周氏捨不得買太多肉，又買了十斤肉、兩個豬蹄、兩塊豬耳朵、一條魚、兩隻雞，還有五斤雞蛋和一袋白麵。

這些日子，譚星已經習慣了蘇如意準備的吃食，但看到這麼多好吃的，還是驚嘆。「會不會被娘說啊？」

「最近我們不交錢回去了，若不多買一點，才要挨訓。」一起碼要表明，他們還惦記著家裡呢。

要過年了，殷七娘那裡的驢車用不著，便借他們趕回去。

除夕前一天，譚淵夫妻載著半車東西回了繞山村。一進村子，便碰到村民，現在大家做的東西都要送到他們鋪子，自然十分熱絡。

「哎呀，譚二可是有出息了呀，買這麼多年貨？」

譚淵不是個愛出風頭的人，譚星就笑著回應。「是呀，全是二哥和二嫂孝敬我娘的。」

到了譚家門口，有好幾個村民在屋裡呢，都是來送貨或串門子的，這會兒出來看熱鬧。誰不好面子，最近周氏挺風光的，兒子有出息，兒媳孝順，天天被人誇，對兒子肯定是一如既往地好，對兒媳也是越來越滿意。

但當著外人的面，她還是埋怨道：「不是跟你們說了，別亂花錢，怎麼又買了這些？」

蘇如意樂得配合她。「平日太忙了，不能在您跟前盡孝。要是您還不讓我買，那我可不敢回來了。」

譚淵看她一眼，發覺自己的小妻子越發應付自如了。剛嫁過來的時候，她可是連生人都怕的。

「都是孩子們的一片孝心。瞧瞧，從哪兒找這麼好的兒媳婦？」大家也順著誇讚。

周氏臉上帶著笑意。「外頭冷，快進來吧。從昨天就讓老大幫你們燒炭，熱屋子了。」

把東西全搬進去後，譚淵問六子。「過年來吃飯吧。」就他一個人，怪冷清的，但往年他都是不肯來的。

六子依然搖搖頭，扭頭問蘇如意。「嫂子，我有點事想請教。」

「你說。」蘇如意本來都要進屋了，聞言又轉身過來。

六子兩隻手交握著，臉有些紅。「我想買個禮物送人，但不知道該送什麼。」

蘇如意柳眉微揚。她以為六子能憋多久呢，看來終於沈不住氣了。

「那你得說清楚點，是要送什麼人啊？每個人喜歡的、適合的又不一樣。」

既然六子來問蘇如意了，就是沒打算瞞的，甚至想讓她幫忙出點主意，他是真的不知道怎麼討姑娘家的歡心。

「我不知道曉雲喜歡什麼，我的錢也不多……」

說出來，是要鼓起很大勇氣的。過年後，鄭曉雲也十七了，該是談婚論嫁的年紀，又長得那麼好看，他著急啊。

沒想到，譚淵跟蘇如意是毫不意外的表情。

蘇如意笑道：「我以為你只會天天傻傻地看，到時候非得把曉雲看到別人家去不可。」

六子一驚。「曉雲已經有心儀的人了？」

「她想有，平時也遇不到啊。」蘇如意道：「你要送年禮嗎？那得等回縣裡以後了，到時候我再跟你說。」

好不容易回來一次，周氏細細問了生意的事，譚淵也說得清楚，一年大概賺百兩銀子，但他只能分得二、三十兩。這麼算下來，還債還得花三、四年呢。

不過，等蘇如意將新衣服拿進屋，周氏又笑起來了，由著蘇如意替她套上，看了又看。

居然是緞面的，她活這麼多年，沒穿過這麼好的衣裳。

「以後您不用上山幹粗活，平常就穿著，好歹現在也是老闆的娘呢。」

如今周氏聽見蘇如意說話就開心，怎麼聽，怎麼順耳。「是啊，現在誰不說我兒子有出息。」

哄好了周氏，大房也沒資格插手交錢的事了。就算不直接拿錢回家，二房每個月也給家裡快一兩銀子呢。

譚淵新婚時，做了兩床新被子，拿了一床去縣裡，家裡還留了一套。蘇如意先拿出來，掛在屏風上，讓它熱一熱。

難得清閒，除了工具箱，蘇如意連做手工的材料都沒拿回來，打算好好歇幾天。

譚淵見她忙完了，招手讓她過來。

蘇如意剛走到榻邊，就被他拉到腿上。

譚淵將下巴靠在她的肩上。「過年有什麼打算？」

蘇如意疑惑。「還能有什麼打算，不就是吃吃喝喝拜拜年嗎？」

「在家那麼多天，也沒什麼事做，我想早些去縣裡。過年縣裡熱鬧，還能到處轉轉。」

譚淵扭頭去親她的臉頰。「誰也不帶。」

蘇如意脖子一癢，明白譚淵的意思。兩人每天都在一起，但還真沒好好享受過二人世界，以前相敬如賓，說開了後又各自忙碌，鄭曉雲又搬來家裡住，這是兩人難得的假期。

她順從地點點頭。「好。」

除夕這天一大早，家裡人將對聯貼好，女人們一起張羅年夜飯。

這大概是譚家最豪氣的年夜飯了，大家各顯身手做了幾道拿手菜，連周氏也下廚燉了魚，又跟著媳婦們一起包餃子。

飯桌上擺了滿滿一桌子菜，齊芳燉了一鍋豬骨湯，蘇如意做了涼拌豬耳朵，又做了紅燒豬蹄、辣子雞，還有一道粉蒸肉跟周氏做的魚。連譚星都炒了兩盤素菜，再加上一大蒸屜的餃子，瞧著就讓人流口水。

小石頭的一雙眼睛都黏在桌子上了，他從來沒見過這麼多肉菜。

譚淵難得地倒了杯酒，跟譚威小酌。蘇如意幾人陪著周氏說話，一頓飯吃得喜氣洋洋，心滿意足。

今天要守歲，除了小石頭早早睏了，齊芳去哄孩子，其他人都在主屋陪著周氏熬夜。

蘇如意早就知道會無聊，從屋裡拿了一副最近才刻好的麻將。當然了，她沒那個錢用玉石刻，只能用木頭做成大小一樣的方塊，再打磨光滑，刻上數字。

為了方便和簡單，她沒刻東南西北風，本來打算讓譚淵送給縣令夫人玩的。只要女眷們玩開了，這東西便有銷路。不過，趕上過年，就先帶回來消遣。

大家驚奇地看蘇如意從匣子裡拿出一堆木塊來。「這是什麼？」

「麻將。」蘇如意拿出牌，先一個個教他們認了牌，然後再說明玩法。就算沒念書，也能玩麻將，就跟數錢似的。

蘇如意教的是最簡單的玩法，見大家聽得一知半解，便讓周氏、譚星和譚淵兄弟坐一桌，她挨個看牌教。

譚淵無疑是最聰明的，他又識字，很快就摸清玩法。譚星機靈，又愛新鮮東西，兩把下來，也差不多弄懂了。

蘇如意便坐在周氏和譚威中間，教他們該怎麼吃、怎麼碰，以及什麼時候能和牌。

麻將玩起來並不難，幾人很快便上手，而且這東西還挺有癮，起碼本來早睡的周氏，是越玩越有精神。

蘇如意見大家都會玩了，笑著道：「大過年的，還是有彩頭好。把銀子拿出來，輸了可不許賴帳。」

一家人玩得不大，一圈幾文錢還輸得起。譚淵讓蘇如意過來，兩人並排坐一張長凳，玩了起來。

麻將這東西，真是運氣和牌技一半一半，蘇如意又有意過水跟放槍，拿出五十文，全都輸光了。最後還是譚星實在熬不住了，大家才散。

周氏一輩子沒怎麼享受過，遇到這種好玩的東西，倒像個老小孩了。

「明天咱們繼續玩。對了，這是店裡賣的嗎？有沒有多的？」

蘇如意將牌收起來，笑道：「這副就是留給您的。以後您不但可以跟村裡人玩，還要叫擅長雕刻的人跟著做，鋪子裡收。」

從周氏屋裡出來，蘇如意就打了個哈欠。自從穿越後，她便沒熬過夜了，還真不習慣。回屋時，譚淵已經添了煤、鋪了床。蘇如意犯懶，撲通倒在被子上。

譚淵好笑地扯了扯她。「今天不漱洗了？」

蘇如意搖頭。「回來前剛洗了澡。我好睏，我要睡覺。」

「那也要脫了衣裳啊。」

蘇如意被他揪起來，聞著他身上的淡淡酒香，彷彿也有點醉了，雙手一伸。

「你幫我。」

譚淵呼吸一重。「真要我幫？」語氣中帶了幾分危險，本來覺得太晚，想放過她的。

「嗯。」蘇如意軟軟的鼻音，跟撒嬌一樣倚在他懷裡。「我不想動。」

譚淵摟著她的腰，一手去解她的腰帶、一手扣著她的後腦，吻了下去。

蘇如意哼哼唧唧。「我睏，不跟你鬧。」

「妳睡妳的。」譚淵輕咬著她的唇。「不用妳動。」

譚淵果然不用她動，但蘇如意還睡個鬼呀，硬生生被他弄醒了，一拳捶在他的肩膀上。

「你不知道累的嗎?!」

譚淵一把抓住她的手，親了幾口，有些輕喘地笑道：「好在我身子沒廢，不然妳怎麼也守不到天亮了。」

「再來，你就睡榻上。」蘇如意氣結。「我不守歲，我要睡覺。」

譚淵親著她哄道：「最後一回，肯定讓妳睡。」

第三十三章

蘇如意不知道自己是什麼時候睡著的，早上是被譚淵叫醒的。

「如意，醒醒，我們拜年回來再睡。」

蘇如意真的睏啊，很久沒這麼累了，而且還冷，想起昨晚，更氣了。

「不去！」

譚淵也知道昨天累著她了，心虛地摸了摸鼻子，拿過她早就準備好的新衣裳，坐在床邊將人抱起來，開始一件一件地幫她穿。

蘇如意也不能真的不去拜年，任由譚淵妥妥貼貼地伺候，穿好衣服後才清醒了些。

譚淵正兒八經道：「夫人新年好啊，祝我家夫人新的一年開心安康，貌美如花，日進斗金，早生貴子。」

蘇如意聽著他胡言亂語一通，敷衍地回了一句。「你也好。」

譚淵鄭重地點點頭，從袖中拿出荷包。「這是我與夫人過的第一個年，這是壓歲錢。」

蘇如意問道：「我還有壓歲錢？」接過荷包，捏著卻不像銀錢，拿出來一看，不由詫異。「這是什麼時候買的？」

譚淵拿過來，把銀鐲套在她的手腕上。第一眼看見，就覺得這銀鐲襯她。

「林掌櫃來拿貨的時候，託他帶來的。」

蘇如意都忘記這件事了，譚淵竟還記得在年前把鐲子買下來。除了某些事不節制外，他對她實在是沒得說。

她越瞧越喜歡，最後那點氣也消了，打量一會兒，還是摘下來，俏皮道：「等去了縣裡再戴。」

兩人去正房時，大房和譚星已經到了。

蘇如意的臉紅了紅，趕緊跟譚淵一起向周氏問好，拜了年。

新媳婦兒按習俗是有壓歲錢的，周氏笑咪咪地遞了個紅包給蘇如意。

蘇如意沒打開看，道了謝後，又跟其他人互相拜年，給了譚星跟小石頭紅包。

譚家在村裡沒什麼親戚，省了出去走親戚的工夫。將飯菜熱過吃了後，蘇如意便回去睡回籠覺了。

這一覺就睡到下午，村裡的人家才開始串門子跟拜年。

周氏沒出門，又喊了蘇如意跟她打麻將。但譚家今時不同往日，來串門子的人很多，婦人們見麻將新奇，紛紛湊過來瞧。

蘇如意想賣麻將，就得先把玩法推出去才行，自然不厭其煩地教她們。

最後，周氏跟村裡婦人們湊了一桌，蘇如意在旁邊指點，一時間真是熱鬧非凡。

齊芳卻沈著臉，完全沒有一點過年的歡喜樣子。「大過年的，我娘一個人冷冷清清待在家，咱們明天就去看她。」

譚威想起岳母一個人過年，點點頭。「好。」

齊芳又道：「我弟弟更慘，你能不能跟二弟說一說，讓他找衙役通融，讓我和娘去見見阿勇，送點酒菜給他。」

譚威皺眉。「這不好吧？現在他已經不在縣衙當值，哪有那麼容易？要求人辦事，恐怕還得給人家好處。」

齊芳瞪著他。「你們熱鬧了，就不管我弟弟在牢裡，老娘一人淒苦度日嗎？現在二房自己開店了，還不交錢給家裡，連這點錢都捨不得花？一富貴，馬上就忘了老娘跟大哥了。」

同樣是一家人，二房在縣裡開了鋪子，住上好房子，瞧瞧他們買的那些麵呀肉呀，可見過得有多滋潤。

譚威不是不眼紅，是沒辦法，是知道自己沒那個本事，也管不了譚淵。

若是有可以用得上和沾光的地方，他也是不介意的，嘆口氣，拍了拍齊芳的手。

「我跟二弟說說。」

譚淵自然不可能跟婦人們待在屋裡，打算出門去跟護衛隊的兄弟們聚一聚，孰料譚威先過來了。

「大哥坐。」譚淵又坐下，幫譚威倒了杯茶。

譚威嘆了口氣，沒有拐彎抹角，直接說了。「你大嫂自己在屋裡哭呢。」

譚淵眉心動了動，故作不解。「大過年的，大嫂哭什麼？」

「還不是為了我那岳母和小舅子。」譚威在這個二弟面前，向來不敢擺架子，何況還是有求於人。「老二呀，大過年的，你有沒有辦法讓她們母女跟齊勇見個面？」

譚淵沒拒絕，這件事對他來說很簡單，最重要的是，他也想見見齊勇。齊勇進去已經幾個月，他想看看齊勇有沒有長進。

不過，不是現在，等過了初七，鋪子開門再說，他不想把假期浪費在亂七八糟的事上。

初五，譚淵說要回縣裡了。

孩子這麼大了，周氏沒什麼捨得捨不得的，青陽縣又不遠，想見也不難。

譚星納悶。「不是初八才開張嗎？我也想去。」

這回，譚淵十分不客氣地拒絕了妹妹。「妳等初八跟大哥一起來。」顯然是不想讓別人打擾。

周氏難得調侃兒子跟兒媳。「你們成親也有些日子了，什麼時候幫我再添個孫子？」
蘇如意臉一熱，雖然成親快半年，但兩人成事也就月餘的事，她不想那麼早要孩子。
譚淵倒是一臉淡然。「我們不急，全憑緣分。」
上午，兩人趁著天氣好，趕車回縣裡，一進門就先將爐子點上，熱了屋子。
「手。」
蘇如意乖乖伸出手，由他握著。這幾個月她一直在吃藥調理，但中藥本來見效就慢，又是這種需要長期調理的毛病，手還是有些涼的。
譚淵幫她捂著手，順勢將人摟進懷裡。
蘇如意靠著他的胸膛，想想兩個人可以單獨玩幾天，還是開心的。
「我想跟你商量一件事。」
「嗯？」
「我想晚兩年要孩子。」蘇如意低聲道。
譚淵捏著她的手一緊，掐著她的腰，讓她轉過來面對他。「為什麼？」
他想要孩子，想要一個蘇如意為他生的孩子，說完又恍然大悟。「因為妳的身體？」
「身體是一方面，若現在要孩子，我的大部分心力怕都要放在孩子身上了。兩個鋪子才剛起步，我有很多東西想做，還需要教人。咱們還有債，等我養養身子，也攢些家底，到時候對孩子不是更好？」

「行，聽妳的。」

家裡沒剩多少東西，蘇如意煮個飯、炒幾顆雞蛋，午飯便湊合過去了。

午覺醒來，譚淵便帶蘇如意出門。

見他將驢車趕進院裡，蘇如意訝異道：「不趕車？」

「到時候不好停，這時候人們已經開始走親戚，能雇到馬車。」依然神神秘秘地不跟她說要去哪兒。

譚淵特意找了輛帶蓬的馬車，稍微貴些，但更隱秘，還能擋住外面的凜凜寒風。

蘇如意在他僱車的時候，聽見他說，要去的地方是縣城郊外的靈河寺。

上了車，蘇如意才問：「要去廟裡燒香拜佛？」

「初六開市，往年很多攤販和生意人都會在這日來靈河寺求個吉利。靈河寺山下也會擺起雜耍攤子跟集市，那裡還有一片湖，冬天結了厚厚的冰，有冰車玩。」

蘇如意的眼睛立時亮了起來。古代娛樂實在太少，這樣的集會更是少。

她喜得一把抱住譚淵。「怪不得你惦記著回來，你也真是捨得，不帶星星來玩。」

譚淵見她高興，就知道自己沒白張羅。「明年、後年什麼時候不能帶她來，或是讓她以後的夫君帶她來。」

蘇如意瞧瞧馬車外，因為風大，簾子是從裡面被掛住的，應該吹不開，便抬頭，湊過去在譚淵唇上親了一口。

譚淵哪能輕易放過她，小妻子可是難得主動，將人摟緊，又壓著親了上去。

到郊外並不算遠，趕車一個時辰就到了靈河寺山下。這裡的山不是高山，也不陡峭，雖然要走上去，但鋪著臺階，譚淵還是能走的。

譚淵給了車夫銀錢，約好初六下午來接人，便帶蘇如意朝山上走去。

蘇如意好奇道：「今晚我們住寺廟？有房間嗎？」

「大家都是明天一早才會趕來燒香，哪怕要去集市玩，也是明晚留宿。」

難怪譚淵初五就來，若明天來，可真沒地方住了。

走了一半，蘇如意堅持讓譚淵坐在旁邊的石頭上歇會兒，用了兩刻鐘，才到了並不高的靈河寺前。

有小和尚來接待，譚淵給了香火錢，說想住一晚，明天一早再去燒香。

小和尚替他們安排了一間寮房，說晚上會送來齋飯。靈河寺香火一般，遇到交錢住房的香客，也是會收的。

蘇如意顛簸一路，但興致還是不錯的。兩人歇了一會兒，便出去轉悠。

現在的景色，實在算不得好，淒淒涼涼，還光禿禿的。

不過，從山上往下看，倒是能看到不遠處那片結冰的湖，這會兒已經有人在上頭玩了。

前世蘇如意還真沒玩過，她生長於南方，又很少出門，興致高昂，但一想譚淵好不容易爬上來，難不成要讓他再陪她折騰一趟？還是明天再一起下去吧。

再回房間，屋子已經燒熱了，兩人吃了些沒什麼味道的齋飯，就上床歇息。因為明天要去玩，又是住在寺廟，多少要敬畏一點，譚淵便沒折騰她。

第二天，天剛矇矇亮，兩人就起床了。漱洗後去祭拜，發現已經有不少人來，真是挺虔誠的。

譚淵並未進去，也不方便跪拜，蘇如意默默許了三個願：希望兩人能平安，能發財，能感情和睦到白頭。都是很俗氣，也很常見的願望。

蘇如意沒什麼大志，要真能如此，就很知足了。

祭拜完後，兩人沒吃早飯，譚淵說下頭有賣吃的，便直接下山去玩了。

因為要支攤占地方，雖然早了些，仍有不少攤販來了。蘇如意拉著譚淵，坐在一個小棚子裡，吃了一碗熱呼呼的小餛飩。

吃完餛飩，蘇如意買了兩塊桂花糕，譚淵又買了個小兔子的糖人兒給她，還有一小包蜜錢。看見什麼好吃的，就買一點，一會兒就填飽了肚子。

至於其他小玩意兒，要麼是萬寶肆有賣，要麼就是紅袖閣有，而且還好看得多。

蘇如意對冰嬉更有興趣，這也是要花錢的，有用棍子自己滑的小木凳、人推的小車，甚至還有在驢蹄上綁了粗布的驢拉車。

蘇如意指著人推車。「先玩這個！」

老闆笑咪咪地拿出一個。「一圈一文錢。」抬頭看見兩人的模樣時，愣了一下，這男子的腿腳，要怎麼推她？

蘇如意卻去扶譚淵。「來，你坐下，我推你。」

譚淵本來也在尷尬無法推著蘇如意玩，孰料是她要推他，忙道：「妳怎麼推得動我？選個別的玩吧。」

「在冰上推又用不了多少力氣。」蘇如意拿起譚淵的枴杖，暫放老闆這裡，按著他在冰車上坐下。「坐穩了！」

冰車大概有凳子那麼高，下面也有放置腳的鐙子，底槓是磨得光滑略帶弧度的木條。

蘇如意戴著手套，推著後面的把手，朝冰面上小心走去。

「如意。」譚淵有些嚴肅。「讓我下來。」

「不。」蘇如意覺得譚淵平時太嚴肅古板了，若不是為了她，他肯定不會來玩的。

譚淵緊緊抓著兩側的把手，有點緊張。「妳慢點，這冰這麼滑，別摔了。」

蘇如意推著他轉了一圈，譚淵說什麼也不肯再坐，讓她去玩，借了張凳子坐，在湖邊看著她。

蘇如意不再勉強他，先租了自己滑的小凳子，玩了一會兒，又去坐驢車。這驢車就像是聖誕公公的雪橇似的，能坐三、四個人，非要拉譚淵來一起坐。

「冷不冷？」譚淵見她戴著帽子跟口罩，只剩一雙水靈靈的眼睛露在外面，睫毛上都結白霜了。

蘇如意搖頭。「真好玩。」

譚淵扯起唇角，拉過她的手。「明年再來。」

吃吃玩玩，熱鬧歸熱鬧，但一上午也逛夠玩遍了。吃過飯，兩人找到來接人的馬車，便下山回家。

今日蘇如意十分開心，回來後，本打算睡一覺，也不好好睡，趴在譚淵身上，興奮地說個不停。

「明年我們也去擺攤吧？你應該早點說的，要是把紅袖閣跟萬寶肆的東西帶過去，肯定好賣。」

譚淵哭笑不得，捏了捏她的鼻尖。「妳是鑽進錢眼裡了？我本來是要帶妳去玩的。」

蘇如意嘟嘴。「咱們可是負債百兩的人啊。」

「上個月紅袖閣賺了二十二兩，除去本錢和工錢，利潤就有十二兩，平分一下，每個月就能賺六兩銀子，萬寶肆低一些，但一個月也能賺二、三兩。最多兩年，就還完一百兩了，發什麼愁？殷七娘又不催。」

蘇如意嘆了口氣。「紅袖閣這麼賺錢，娘和大哥他們遲早要知道，到時候怎麼辦？本來就沒分家，萬寶肆不分錢給他們，已經很不滿了，再加上紅袖閣，必定要鬧。」

譚淵摩挲著她的紅唇。「放心。」

「你有辦法了？」一看他這樣子，蘇如意頓時覺得安心。「你準備怎麼做？」

譚淵壓著她的腰。「先不說那些。我帶妳玩得這麼高興，妳就沒點表示？」

蘇如意瞪大眼睛，感受著他的昂揚。「這可是大白天。」

譚淵毫不臉紅。「為夫就是要白日……」翻身將人壓下，討自己的獎勵了。

第三十四章

譚淵夫妻回來的當天晚上，六子也提前來了，他不只要張羅鋪子開門的事，還要提早買好禮物。

蘇如意希望他跟鄭曉雲能走到一起，當然也是很上心的。這兩日細想，還真想到一樣鄭曉雲會喜歡的。

「曉雲對吃穿都不太挑剔，卻喜歡小貓。我記得在嚴婆那裡，她將幾隻野貓餵得日日來院子裡找她。」

「送貓？」六子訝異，他從未想過送這個。

「送禮當然要投其所好。我不太喜歡小動物，看見漂亮貓兒，也會想摸一摸，何況她那麼喜歡呢。再說了，她現在什麼也不缺；太貴的東西，你的錢夠買嗎？」

六子窘迫地撓了撓後腦勺。「那我明天去找。」

蘇如意點頭，又交代他。「這回送禮，哪怕不明說，也定要讓她明瞭你的心意。」

平時，六子挺機靈的，碰上戀愛的事，就成了隻呆頭鵝，一臉茫然地問：「怎麼說？」

「曉雲從小在嚴婆手下長大，並未接觸過外男，對感情的事還沒開竅。你看她往日對你和對其他人有什麼不一樣嗎？即便你送她東西，她也當是尋常事，根本不知你的情意。你不挑明了說，她永遠只當你是朋友。」

六子恍然，有些敬佩地看著蘇如意。「多謝二嫂指教。」

蘇如意笑道：「可別跟我來這套，你只要答應我，若你追求過後，她仍對你無意，你也不要糾纏惱怒，鬧得大家難看。若她肯跟你，就一心一意好好待她。」

六子連連點頭。「我知道。」

畢竟是他們自己的因緣，要過一輩子的大事，蘇如意說完，就不打算多插手了。

初七這天，三人一起去了殷七娘那裡拜年，順便還驢車。

她們人多，雖然過年沒出門，卻也過得熱鬧，殷七娘還特地從酒樓訂了一大桌酒菜。

一頓飯賓客盡歡，吃了午飯，鄭曉雲隨譚淵夫妻回了小院子，六子也跟著來了。

鄭曉雲以為他找譚淵有事呢，孰料卻是跟著她走到房門口，便停下腳步。

「六子，你找我有事？」

「沒有，妳先進去吧。」六子發覺自己太緊張了，轉身坐在院子裡的石凳上。

鄭曉雲莫名其妙地瞥他一眼，剛開門，忽然聽到屋裡傳來一聲微弱的貓叫。

難道是野貓跑進來了？

她四處找，尋著聲音，爬到床榻裡，在枕頭邊看見了縮成小小一團的小奶貓。

「啊！」鄭曉雲驚喜地叫了一聲，小心地把小貓抱起來。

這貓全體通白，唯獨鼻頭有一簇黑毛，圓溜溜的眼睛水汪汪的，看著有些膽小，但不怕人，非常可愛。

鄭曉雲抱著牠，愛不釋手地摸了半天。以前她想養貓，但嚴婆不答應。現在住別人家，就更不好養了。

她忽然想起一事，開門朝正屋喊：「如意，這貓是妳捉來的？」

正屋的窗子開了條縫，蘇如意用手托著腮道：「貓是我放進去的，卻是六子尋來的。要謝，妳就謝他吧。」說完，又把窗關上了。

鄭曉雲將奶貓放回床上，笑咪咪地出來找六子。

「謝謝你，這貓是別人送你的？」

六子搖頭。「是我買的。」鄉下沒什麼人把貓貓狗狗當回事，賣價不貴，但他挑了裡頭最好看的一隻。

「你怎麼知道我喜歡貓的？」

六子瞧著她，果然如二嫂所說，鄭曉雲完全沒察覺他的心思，收到他的禮物，跟收到二嫂的禮物別無二致。

六子深呼口氣，攥緊袖子下的雙手。「我問了二嫂，她說妳以前喜歡餵貓，不知道現在還喜不喜歡？」

鄭曉雲圓溜溜的眼睛流露出單純的好奇。「當然喜歡啊，你沒事問如意這個幹什麼？」

「我想送妳年禮，又不知道妳喜歡什麼，才問的。」六子抿唇。「我沒送過姑娘東西，所以不太懂。」

鄭曉雲遲鈍了點，但不傻，何況六子現在看她的眼神，完全是毫不遮掩的。她張了張嘴巴，一時不知該說什麼，雙手捏著衣襬。「那……謝謝你。」

六子也不指望她立刻答覆，二嫂也說了，讓她知道他的心思就行，便起身。「那妳好好養著。我……我回去了。」

六子出去後，鄭曉雲怔怔地站了一會兒。六子真的喜歡她？不是她多想了吧？她沒喜歡過別人，也沒人喜歡過她，現在心裡亂得不得了。

「如意！如意！」凡事不決的都要問蘇如意，鄭曉雲當即喊人。

蘇如意悠哉悠哉地出來，直接進了她屋裡，將窩在床上的小貓抱起來，還真討人喜歡，太萌了。

鄭曉雲關上門，迫不及待地問：「如意，到底怎麼回事啊？六子他……」

蘇如意摸著小貓的下巴。「妳真不知道他是什麼意思？」

鄭曉雲眼神複雜地看著這份特別的禮物，她是個直率的人，便問：「他真的喜歡我？」

「妳呢？對他有什麼感覺？」

鄭曉雲還有些反應不過來，緩緩在凳子上坐下，此刻是滿腦子漿糊。「我哪知道啊？平時不是好好的嗎，他這是幹什麼？」

蘇如意一瞧她這樣，就知道她還沒想明白呢，將小貓塞給她。「那妳好好想想。六子是個好人，踏實靠得住，也不嫌棄我們這樣的過往。但喜不喜歡他，妳可得想好了。」

鄭曉雲心情複雜，沒給六子確切答覆，卻沒把話說死。

六子見狀，不再遮掩對她的示好，不時送點小東西或是關切。若她推拒，但六子堅持，她也會收下來。

蘇如意看不懂兩人這是有戲沒戲，便沒多管，她要琢磨新品，也有好多事要忙呢。

最近繞山村送來了三套刻好的麻將，有一套刻得不太好，但因為這東西太費事，周氏也讓人送了。

蘇如意捨不得浪費，用自己的工具修補好，由譚淵牽線，拿著另一套去找縣令夫人打麻將。雖然譚淵不當捕快了，縣令依然對他是另眼相看的。

縣令姓翟，譚淵將她送到翟府門口，就不方便進去，但提前跟縣令說好，會有丫頭等在門口，帶她進去。

翟府是一座三進宅子，可見縣令也不是鋪張之人。進了後院，蘇如意看見帶著孩子在院中玩耍的縣令夫人。

她聽譚淵簡單提過幾句，縣令夫人今年三十七歲，因為生育晚，獨子只有八歲。

蘇如意微微屈膝，行了個禮。「見過夫人。」

背對著她的縣令夫人袁氏轉過身，聽丫鬟道：「這位就是譚夫人。」

袁氏點頭，剛要讓兒子自己去玩，卻在瞧見蘇如意抬頭的一瞬間，手裡的球猛的掉落，驚愕地看著蘇如意。

蘇如意被袁氏嚇了一跳，一時不知該作何反應。

丫頭忙去扶袁氏。「夫人，您怎麼了？」

「無事，妳帶凌雲回房間。」袁氏深吸兩口氣，穩住了情緒。「譚夫人，屋裡請。」

蘇如意有點忐忑，但人家是縣令夫人，只能點點頭，提著麻將跟著進屋。

接下來，袁氏就很正常了，讓人斟茶，上了點心，又問起蘇如意的來意。

蘇如意將麻將拿出來，說譚淵多受縣令大人照顧，本想答謝，又恐大人不收，便做了點小玩意兒，送給她玩，又教了麻將的玩法。

袁氏看似在聽，卻沒聽進去，時不時抬頭去看蘇如意，壓抑著自己澎湃的心情。

蘇如意也感覺有點不對勁，介紹完，便找個藉口離開了。

萬寶肆耳房裡，譚淵看見蘇如意回來，詫異道：「這麼快？」從出去到回來，不到半個時辰呢。

蘇如意迫不及待地向他提起袁氏的怪異。「我不會是得罪過她吧？真是嚇了我一跳。」但她腦海中，實在沒有關於這人的記憶啊。

譚淵也嚴肅起來。「就這樣，沒別的了？」

「沒了，就是見了我跟見了鬼一樣。」

光靠這個，譚淵無法推斷出什麼，只能安慰她。「別自己嚇自己，妳哪能有機會得罪她？若真有仇，人家當場就會發作了。」

蘇如意點頭，不再多想。

自從蘇如意走後便坐立不安的袁氏，終於在中午等到回家吃飯的夫君翟勤。

翟勤洗完手，換了衣服，正準備傳膳，就被袁氏一臉緊張地拉回屋裡去。要不是兩人都老夫老妻了，他還以為這大白天的……

翟勤溫潤的臉龐帶著疑惑。「這是做什麼？」

「夫君，我今天見到譚淵的夫人了。」袁氏因為激動，臉色泛紅。

翟勤更奇怪了。「可是發生了什麼不愉快？」

袁氏搖頭，此時完全沒了平時的穩重端莊。「她與大姊長得幾乎一樣！」

「大姊？」翟勤頓了下，才反應過來。「妳是說，她是雅兒?!」

「我不知道，可世上怎麼可能有人長得這麼像？你快讓人去查，查她的身世。」

翟勤擰眉。「不需要查，我知道個大概。」

嚴婆那個案子，就是譚淵舉報的。譚淵將蘇如意帶走，他也是知道的，當時睜隻眼、閉隻眼，沒有插手。

他將這件事簡單說了下。「她的身世不明。」

但這麼一來，蘇如意更有可能就是大姊丟的女兒。袁氏幾乎可以確定了，眼眶紅紅的。

「一定是她。老天有眼，竟讓我碰見了。」

「還不能確定。我再去審嚴婆，詳細問問她是怎麼落到嚴婆手中的。」

翟勤連飯都沒吃就去縣衙了，袁氏自然更沒胃口。丟失的孩子雖是大姊的，卻是在他們家裡不見的，她愧對大姊，夫君更是一直派人四處找尋，卻杳無音信。

大姊命苦，嫁給行商，在一次送貨途中遭遇意外身亡。見她們孤兒寡母的，袁氏便接她們來住，當時她還沒生孩子，翟勤也還沒中進士。

大姊的女兒從小漂亮得像瓷娃娃似的，她喜歡不得了，經常帶孩子出去玩。現在想來，那時候肯定就有人販子盯上了。

但他們毫無所覺，那時的家境也沒能請家丁跟護院，孩子就這麼從她家裡丟了。

大姊的寄託只剩這孩子，幾番報官尋找無果，終日鬱鬱，沒兩年便病逝。從此，這件事成了他們夫妻的心病。

袁氏想著，又紅了眼眶。上午她見到蘇如意，多想相認啊，若蘇如意真是她的外甥女，定然要好好補償，但又不知蘇如意知道真相後，會不會怨恨她。

另一邊，翟勤到了縣衙，思索片刻，沒有立刻提審嚴婆，而是派人去叫譚淵來。

譚淵幾人剛吃過午飯，來送飯的蘇如意和鄭曉雲已經回去了，忽然有捕快來叫譚淵。

「大人可說有什麼事？」譚淵心裡有些打鼓，上午蘇如意說了縣令夫人的異狀，中午縣令就來叫他，難道真出了什麼事？

「不知。」捕快道：「不過大人的表情很不對勁，你小心些吧。」

譚淵的心更沈了幾分，神色嚴肅地跟著捕快來了縣衙。

翟勤不在大堂，而是在廂房等他。

譚淵一進去，就見渾身又髒又臭的嚴婆跪在地上。

這件事，果然跟蘇如意有關。

他向翟勤行了個禮。「大人，這是？」

「譚淵，你先坐。」翟勤繼續審問嚴婆，喝道：「妳若敢有絲毫隱瞞，本官有的是辦法加妳的刑！」

譚淵吃了一驚，翟勤很少這樣意氣用事，什麼事會讓他如此直白地威脅嚴婆？

嚴婆早沒了被抓那日的囂張，整個人憔悴乾瘦，聞言忙磕著頭道：「大人，我說的都是真的呀。」

「那好，關於蘇如意，把妳知道的一字不落說一遍。」

譚淵緊緊盯著她，不知為何，莫名有些緊張。

嚴婆喘口氣，道：「那丫頭是我向其他人買來的，不知道她以前的事。買來的時候，她才七歲，十分膽大，每天哭鬧著要找娘，要找小姨，還說要讓秦大人把我們都抓起來。」

翟勤的手緊緊握著椅子扶手，呼吸有些急促。「繼續說，哪怕一件小事都要說。」

嚴婆一心想著不要惹怒縣令大人，絞盡腦汁又想了想，忽然道：「對了，她好像很怕水。剛來時，讓她去浴桶洗澡，每次都哭鬧不止，一連鬧了一年才好了。」

譚淵忍不住敲了下枴杖。「她是不是落過水？」

嚴婆搖頭。「這我就不知道了。」

翟勤揉了揉眉心。「譚淵，你也知道些什麼嗎？」

譚淵道：「如意有幾次夢見過自己落水，而且身子好像落下病根，一直體寒怕冷。」

翟勤幾乎可以肯定了，種種巧合……已經不能說是巧合了，不可能有這麼多巧合出現在同一個人身上，蘇如意必然就是袁氏的外甥女。

翟勤擺了擺手，讓人把嚴婆關回去，這才喝了口茶，壓住自己翻湧的心緒。

譚淵急道：「大人，如意到底怎麼了？」

翟勤深深看他一眼，誰能想到，兜兜轉轉，她竟然嫁給了他曾經的屬下。

「我夫人……曾丟失一個外甥女。」

一句話，便讓譚淵驚得撐桌起身，難得失態。「大人，您是說……如意她？」

翟勤示意他坐下。「她年幼亡父，與她娘親住在我們家中，不知為何被人販子盯上。當時家裡看護不嚴，她在七歲那年丟了。」

譚淵激動道：「她喊的小姨便是夫人？那秦大人呢？」

「秦大人正是我家鄉的縣令，當時我已是秀才，有幾分交情，她也認得。」

「那落水又是？」

「落水也是她七歲那年的事。冬天帶她遊湖的時候，她太調皮，掉入水中。」湖面雖未結冰，但湖水冰冷刺骨，便落了病根。

譚淵沒想到，有朝一日竟能找到蘇如意的家人，她從未提起過，他便未特意去尋。

「上午如意從府中回去，說夫人見了她便失態，夫人是不是一眼就認出來了？」

翟勤點頭。「我還未見過她，但夫人說，她與大姊幾乎長得一模一樣。」

譚淵也覺得是了，翟勤夫妻不會閒著沒事，跑去認個外甥女。

「大人可否讓衙中畫師畫一張如意小時候的畫像，再畫幾張同樣年紀的女孩子，讓嚴婆辨認？」

翟勤看譚淵一眼，點了點頭。「好。」

他一直看好這個屬下，不但有本事，為人也無可挑剔。發現自己的媳婦兒可能是縣令的外甥女，也沒急著來攀親戚，可見是真心想找到媳婦兒的親人。他外甥女命苦，卻有了個好歸宿。

「那事情塵埃落定前，你先不要跟她說。」

譚淵應下，心情十分複雜地離開了縣衙，不禁覺得命運實在有些神奇。蘇如意與縣令一家都生於遙遠的南方，卻在北地相聚。

若是捉嚴婆的時候，他讓捕快也抓走蘇如意，當時她就會被縣令認出，他們之間也絕對再無其他緣分了。

譚淵深呼口氣，覺得有些慶幸，如今兩人情投意合，已經是夫妻了。他不覺得蘇如意身分高了，就會翻臉不認人，真心為她找到親人而高興。

翟勤和袁氏的動作很快，也很急切，畫師按兩人的描述改了幾次，差不多就畫出外甥女小時候的模樣，又畫了三張同齡女孩的畫像讓嚴婆指認。

嚴婆一眼就認出了蘇如意。

袁氏激動得想哭，恨不得立刻跟蘇如意相認。

翟勤反而鎮定下來。「快晚上了，明天再說。而且，認親也不能什麼都不準備吧？」

袁氏翻來覆去，一整晚沒睡好。

翟勤無奈起身，點了燈。「這麼多年，本來都沒抱什麼希望了，還能找到，妳應該高興才對呀。」

袁氏投進他懷裡，沒一會兒，他的中衣就被她的眼淚打濕了。

「那孩子會不會怪我們？她受了那麼多苦，大姊也因為她失蹤而病死。」

翟勤拍著袁氏的背，安撫她。「世事無常，她沒有淪落煙花巷，身體也還健全，已經是最為難得了，譚淵那小子也挺寶貝她的。」

今天下午，他沒閒著，讓人去查了蘇如意來青陽縣後的點滴。

這個非常容易，去繞山村隨便問問，都知道她幹了什麼，譚淵對媳婦兒的偏寵，也是人盡皆知。再查譚淵來報備過的紅袖閣，一半的利益分成竟然是蘇如意的名字，哪裡還用多說什麼？

袁氏本來還覺得，外甥女是因為淪落到這個地步，才嫁給一個殘缺之人。譚淵雖救了外甥女，但外甥女還是委屈了，但聽丈夫這麼說，對譚淵有了幾分好感。

「雅兒有這麼大的本事？」袁氏不哭了，聽翟勤說起蘇如意做的東西，一愣一愣的。

「應當是在嚴婆那裡學的，可跟著嚴婆的那幾個姑娘，只會些繡活而已。」

翟勤遞帕子給她。「而且她還毫不藏私地把手藝教給玉關樓那些姑娘們，也一直幫襯著繞山村的人，是個善良懂事的好孩子，不會怨恨妳的。」

第三十五章

第二天一早，袁氏便張羅著要去找蘇如意。

翟勤讓人去請譚淵夫妻過來。相認之前，也要看看人家願不願意，他們貿然前去，太過扎眼。

袁氏親自下廚，翟凌雲稀奇地問：「娘，您要做什麼？」

袁氏圍著圍裙，一邊忙活、一邊柔聲囑咐。「凌兒，昨天來的那個姊姊，其實是你的表姊。你一定要乖乖的，不能調皮，要好好跟她相處，知道嗎？」

翟凌雲俊秀的小臉上露出一絲茫然。「我有表姊？」

「是你大姨的女兒。雖然你沒見過，但她們是娘除了你和你爹之外，最親的人。」

翟凌雲懂了，出聲應下。「我知道了。」

翟府管家來請兩人的時候，蘇如意還有些忐忑。

但譚淵的心已經定了，如果蘇如意不是他們要找的人，只需跟他說一聲就是，不需要驚動她。

「還特意派了馬車來。」蘇如意咬了咬唇。「到底怎麼回事？」

譚淵拍拍她的手，這種親人相認的時刻，他還是不要提前說破。「左右不是壞事。」

因為時辰太早，兩人連早飯都沒來得及吃。結果一到翟府，就被請到了飯廳。

「來啦？」袁氏正好端著一盤酥肉進來，將肉放下，拉著蘇如意的手，讓她坐到旁邊。「快，先吃飯。」

一大早就請本來不是很熟的他們來吃飯，看樣子還是縣令夫人親自下廚，要是沒什麼事就有鬼了。但蘇如意瞧得出來，應該不是壞事。

一頓飯，她被袁氏殷勤地挾菜照顧，袁氏還問了好些她的近況，蘇如意一一吃了，也一一回答。

吃過飯，到了正堂，只剩下他們四人，蘇如意終於忍不住開了口。

「大人，夫人，是不是有什麼事吩咐？請儘管直言。」這種陣仗，她有點受不住啊。

今天翟勤也是頭一回見蘇如意，一看便知他的夫人為何這般篤定，即便不需要多查，應該也錯不了。

方才袁氏怕擾了蘇如意吃飯，一直繃著，此時再也忍不住，熱淚吧嗒吧嗒掉落。

「孩子，我是妳小姨呀！」

蘇如意被她拉著手，傻住了。「小姨？」

一表明身分，袁氏哭得止不住淚，翟勤無奈地開口解釋。

「昨天她一見到妳，就覺得妳跟已經過世的大姊長得十分相似。後來我審了嚴婆，又比對畫像，可以確定妳就是大姊丟失的女兒。」

這太突然了，蘇如意不由轉頭去看譚淵。

譚淵握了握她的手安撫，蘇如意深呼口氣。「你們確定？」

她只是震驚，覺得有些太過巧合，還有點魔幻。其他的……她畢竟不是原主，感觸沒有那麼大。

「自然，我們怎麼會隨便認個外甥女回來。」

那也有道理。

蘇如意看著抹淚的袁氏，很快便平靜下來。「那我是怎麼丟的？」

袁氏有些擔心蘇如意會怨她，但沒有隱瞞什麼。那人販子一定有些身手，是在他們大門緊閉，她一個人在院子裡踢毽子的時候丟的。

蘇如意一時不知該說什麼，也不知道怎麼跟他們相處。她不怨他們，誰會無緣無故一直防著賊呢？但要說感情，那也沒有。

見她臉上並無喜色，袁氏更擔心了，又不敢隨意親近。

「雅兒……」

「叫我如意吧。」蘇如意本就不是雅兒，何況穿來就用這個名字了，不習慣其他稱呼。

袁氏忙改口。「如意，妳怪我們也好，不肯跟我們親近也好，妳都是我外甥女，這不會變。妳別不認我，行不行？」

蘇如意很理智，低低叫了聲。「小姨。」

袁氏又哭了，一把抱住蘇如意。「小姨不知道多少次自責得睡不好覺，妳姨夫也一直派人找妳。老天有眼，我們竟然真能認回妳。」

蘇如意能感覺到，袁氏是真心疼愛外甥女，猶豫了下，抬手拍拍袁氏的肩。

「我沒什麼事，現在也挺好的。」

袁氏抱著她哭半天，終於冷靜下來，握著她的手不肯放。

「如意，妳要不要搬來府裡住幾天？或者乾脆搬來吧。妳姨夫說你們還在租房子，妳缺什麼？有沒有什麼想要的東西？」

袁氏問了一大堆，似乎想把所有好東西全塞給她。

蘇如意哭笑不得。「那怎麼行？我住那裡挺好的，也不缺什麼。」

但袁氏一心想補償蘇如意，帶著她回臥房，讓丫鬟拿來準備好的首飾、衣物給她試。

正堂內，只剩了翟勤和譚淵。

翟勤細查了蘇如意，自然也知道別的事。

他一臉深意地看著譚淵。「殷七娘那個案子，是怎麼回事？」

殷七娘告了他的親戚，轉眼蘇如意便跟殷七娘合作開鋪子，怎麼看都有點怪異啊。

譚淵輕咳一聲，要是之前，他不會多說什麼。但現在蘇如意都是翟勤的外甥女了，還怕他不替蘇如意作主？

譚淵便說了齊勇覬覦蘇如意，還對她下藥之事。當然，他後來跟殷七娘下套，也未隱瞞，翟勤肯定能猜到。

果然，翟勤臉色難看。「齊勇竟敢如此?!」

「大人，剛好我大嫂求我說想探望齊勇，我到時想去看看他現在的情況。」

翟勤點了點頭，如果齊勇還沒反省，不介意讓他在牢裡多吃點苦頭。

說完齊勇的事，現在兩家關係又不同往日，看得出來，翟勤也是想補償蘇如意的。

譚淵斟酌一下，又提了周成的事。他也對蘇如意別有用心，雖沒對蘇如意動手，卻對他下了殺手。

翟勤立刻想起來了。「上次你說的黑衣人，你怎麼知道他是周成的人？」

「沒有證據，但除了他，絕對沒有別人。我不是想用此事為難大人，而是有事相託。」

譚淵喝了口茶，道：「大人也知我盤下了萬寶肆，這段日子經營下來，覺得周家父子的家產遠不只這些，他們肯定提前轉移了，以防萬一。我怕周成出獄後，還賊心不死。」

翟勤正色道：「你可有什麼方向？據我所查，他們在青陽縣並無親人，查抄的時候，家裡跟店裡都搜過了。再想找的話，就是大海撈針。」

譚淵也沒什麼頭緒。「容我再想想。」他還需要藉助官府的人手，只要翟勤答應就行。

另一邊，袁氏不容蘇如意拒絕，塞給她一大堆東西。

「如意，譚淵對妳好嗎？」

蘇如意低頭笑了笑。「挺好的。」

其實袁氏光看她，也能看得出來。神色明媚，氣色也好，極有精神。

袁氏又問了譚家的情況，蘇如意只說跟她大嫂齊芳不太和睦，其他沒什麼。

聊完閒話，袁氏才想起昨日送來的麻將，有些尷尬。「當時我光顧著震驚，沒仔細聽妳說怎麼玩。」

蘇如意也有點不好意思了，不過既然有這層關係，便說了自己的目的。現在的袁氏，好像非要為她做些什麼才舒坦。

「原來如此。」袁氏笑道：「這容易，這幾日我輪流請些太太來玩，到時候妳也一起來，把她們全教會了，肯定有人買的。」

袁氏看不上那幾個錢，但外甥女又不肯直接收自己的銀子，能幫上她的忙也是好的。

「娘。」房門被敲了兩下。

袁氏道：「看我都激動得糊塗了，忘了讓妳見見表弟。」

蘇如意起身，看著一個俊俏白嫩的小男孩從屋外進來，兩隻手負在身後，一雙眼亮晶晶地盯著蘇如意瞧。

「凌兒，喊表姊。」

翟凌雲脆聲道：「表姊好。表姊，妳長得好好看。」

蘇如意笑了。「你也很好看。」這孩子瞧著就順眼，還嘴甜。

但她來的時候，不知道會認這麼一門親，沒幫孩子準備禮物。鄭尋思身上帶了什麼時，見翟凌雲從背後拿出一艘小小的玉雕船。

「這是我最好的玩具，送給表姊。」

那玉石通體白潤，沒有雜質，雕工也算精細。蘇如意哪能收這麼貴重的東西，忙道：「表姊可不能收。」

「為什麼？」翟凌雲一臉不解。「表姊不喜歡？」

小孩子的一片赤誠，蘇如意當然不能打擊，半蹲下身，柔聲道：「這是誰送你的？」

翟凌雲歪了歪頭。「是爹送我的生辰禮物。」

「表姊很高興你送我禮物，只是表姊希望你可以送自己的東西，而不是別人送你的。你想想，若是你把這個送了我，我又送給別人，你是不是會不高興？」

翟凌雲仔細想了想，點點頭，又苦惱道：「那我的東西都是爹娘送的，沒有自己的。」

蘇如意正好不想再讓袁氏一直自責下去，領著翟凌雲出去。「那我教你做。你自己做出來的東西，表姊就收。」

翟勤和譚淵談完後，聽到院子裡有說笑聲，便出來瞧。

蘇如意和翟凌雲面前擺著一堆木頭，蘇如意用一把小刀在刻木塊，讓翟凌雲往一根圓木上繞繩子。

現在譚淵已經習慣看蘇如意做出各種稀奇的東西了，翟勤夫妻沒見識過，但也不說話，好奇地在一旁看著。

大約兩刻鐘後，蘇如意做好了一輛木頭玩具車。

「好看。」翟凌雲覺得蘇如意的手很巧，卻沒有太稀奇。這樣的車，他有好幾個。

蘇如意退後幾步，與他拉開距離，一拉他剛才繞在木頭上，此時已經安裝進小車裡的繩子，放在地上。

手一鬆，這車子竟朝他們跑了過來。

「啊！」翟凌雲睜大眼睛，小臉上全是驚奇，捉住跑到面前的車。「它能自己跑！」

蘇如意笑了笑。「這裡有個把手，你轉一轉。」

翟凌雲捉著把手轉，繩子居然繞了回去。這回不用蘇如意教，他學著拉開繩子，再鬆手，小車果然又跑遠了。

蘇如意笑著看他玩，袁氏卻感嘆道：「如意，妳這是在哪裡學的啊？太厲害了。」

蘇如意用糊弄譚淵的理由道：「在嚴婆那裡遇到一位師傅，是她教的。」雖是陪著翟凌雲玩，才臨時想起來的，不過萬寶肆又可以多樣新品了。

翟勤點頭。「真是了不得。有這本事，何愁發家？」

翟凌雲玩了一會兒才想起來，他是為了送表姊禮物才做的，雖然有些不捨，但還是拿回來，遞給蘇如意。

「表姊，送妳。」

蘇如意笑道：「你用我做的東西送我？這可不行，太偷懶了。這是表姊做的，就當作送你的禮物，等你什麼時候能做出來了，再送表姊好不好？」

翟凌雲眼睛一亮，立刻將小車抓在手裡。「我一定好好做！」

蘇如意摸摸他的頭，覺得翟凌雲比起小石頭那熊孩子懂事多了。

袁氏有些鼻酸，不知姊姊在天之靈能不能看得見。雖然從小被拐賣，但外甥女竟然長得這麼好，學了一身本事不說，性子也一點都沒歪。

譚淵看著她，想起一事，進屋後跟翟勤夫妻商量。「能不能暫時不說出如意的身分？」

袁氏問：「為何？」她迫不及待想認回外甥女，還想大擺筵席呢。

譚淵猶豫了下，道：「如意的賣身契尚在我手中。」

「什麼？」袁氏皺眉看他。「你們已是夫妻，為何不為她恢復良籍，入譚家戶籍？」

蘇如意也忘記這件事了，兩人處得好，她也沒想起賣身契來。

為了不讓兩人誤會，譚淵忙解釋自己的用意，他是為了紅袖閣的事在打算的。

等他說完，夫妻倆又被袁氏留下吃午飯，才帶著一箱子禮物，坐馬車回去。

回到家，蘇如意才有機會跟譚淵算帳。「你是不是早就知道了？」

譚淵摸了摸鼻梁。「比妳早一天而已。」

蘇如意氣道：「那你為何不告訴我？害得我一點準備都沒有。」

譚淵在她擰起的眉心上親一口。「昨日大人叫我過去一起審嚴婆，但沒能完全確定妳就是他們要找的人。我怕妳空歡喜一場，才瞞著妳的。」

蘇如意白他一眼。「那今天早上去的時候，你也該提醒我一聲。」

譚淵趕緊岔開話，摟住她。「如意，妳是縣令的外甥女，會不會嫌棄我？」

蘇如意對這個身分沒有太多真實感，沒好氣地說：「難道我還能再去嫁一個不成？」

「我就知道夫人不是嫌貧愛富之人。」譚淵摩挲著她的臉頰，若有所思。「縣令夫人不願等太久，咱們要早一點捅破紅袖閣的事了。」

方才蘇如意真沒想到他是這麼打算的，問道：「那你這兩日讓大哥大嫂過來？」

譚淵點頭。「明日大哥來送貨，我讓他後天帶著人來看齊勇。」

蘇如意跟他說了一會兒，才打開箱子，開始收拾袁氏送的衣服跟首飾。

現在開了飾品鋪子，雖然店裡的貨物不昂貴，但她也了解了買賣行情。袁氏送她的金銀玉石，恐怕不少於上百兩。她不好意思收，袁氏還不高興。

蘇如意看著漂亮的首飾，心裡一動。「要不，咱們賣了還債吧？」

譚淵一愣。「妳不怕縣令夫人生氣？」

「我覺得她是故意接濟我的，知道我們欠債百兩後，還特意多放了些。」先把債還完，之後賺的錢，就可以攢起來買房了。

蘇如意留了幾樣中意的首飾，其他的收拾出來，打算變賣。她看得出來，袁氏是為了讓她的日子好過，不會在意這些的。

譚淵知她不是虛榮之人，見她如今認了這麼一門親戚，還念著這個小家，自然感動。正因如此，他更要讓她重新以正當又清白的身分，再嫁他一次！

第三十六章

譚威送貨的第二天，帶著李氏和齊芳來了縣衙。

因為是求人辦事，這回齊芳對譚淵倒是挺客氣的。

譚淵領著他們去大牢。「跟我來吧。」

翟勤已經吩咐下去，自然不會有人攔著。

一進牢中，光線陡然變暗，夾雜著潮濕難聞的氣味，還吵吵嚷嚷，讓人心生煩躁。

李氏一想兒子在這裡住了這麼久，立刻心疼起來。看到人後，來不及說話，便哭出聲。

譚淵瞥了一眼，只見原本微胖的齊勇，坐牢幾個月便消瘦許多。一身囚服又皺又髒，整個人蓬頭垢面，狼狽至極。

他見到李氏，愣了愣，然後猛的撲過來，嚎啕大哭。「娘，您快救我出去！」

母子倆哭得凶，齊芳在旁邊跟著抹淚，譚威無奈道：「岳母，時辰不早，長話短說。」

李氏這才抹了眼淚，忙把食盒拿過來，將饅頭和肉端進去。「兒啊，你受苦了。這是娘做給你的，你快吃。」

這年頭，還有很多百姓吃不飽，何況是犯人，牢飯跟豬食差不多。

齊勇忍著饞蟲，淒慘地握著李氏的手乞求。「娘，您快救我，要不花錢託人？我實在是待不下去了。大姊，姊夫，幫幫我。」

李氏愣住。「這還能救出去？」

譚威皺眉。「別亂說，你是被縣令大人判刑的，誰能救你？再說，家裡也沒那些錢。」

譚淵靜靜地看了一會兒，就出去了。真是……孺子不可教也。

從縣衙出去後，齊芳說想看看譚淵開的鋪子，譚淵自然不會拒絕，帶著三人去萬寶肆。

剛到門前，就碰見蘇如意和殷七娘說笑著，從鋪子裡出來。

見到殷七娘，譚威等人的臉色都變了。當初他們親眼看縣令斷案，也見過殷七娘，就是這個女人害得齊勇坐牢，怎麼會與蘇如意走在一起？

齊芳上前，就要拽住殷七娘。「妳怎麼會在這裡？妳們認識?!」

殷七娘甩開她的手，莫名其妙。「我才要問呢。如意，他們是誰？」

蘇如意更是一臉茫然。「這是我家大哥大嫂，七娘見過？」

三邊的人都呆了，李氏剛瞧過兒子，正心疼著，見到殷七娘，自然沒好臉色。「她就是害我兒坐牢的狐狸精。」

「啊？」蘇如意看向殷七娘。「當初齊勇冒犯的人就是妳？」

殷七娘臉色凝重。「妳跟齊勇是親戚？」

譚淵出了聲。「當初判案的時候，我和如意沒去，不知道告齊勇的就是殷七娘。」

齊芳指著殷七娘質問。「那你們是怎麼認識的？是何關係？她可是個妓女！」

殷七娘臉色一沈。「請妳說話放尊重些，我早已是良籍。至於如意，我與她合作開店鋪，乃是朋友，並不知道她和齊勇是親戚。」

「什麼？」齊芳瞪著蘇如意。「你們還有別的店鋪?!」萬寶肆有哪些人入股，家裡都是知道的，並沒有殷七娘。

蘇如意點頭。「是有一家，剛開張不久。」

齊芳震驚地跟譚威對視一眼。「二弟，你們未免欺人太甚。獨攬萬寶肆就算了，竟還瞞著娘和家裡私自置產。譚家還沒分家呢，你這是什麼道理？」

這會兒店鋪還有客人出入，紛紛好奇地看著幾人。

譚淵當機立斷道：「七娘先回鋪子。其他事，我們回家再說。」

幾人直接坐著譚威的驢車回村。在他們出了縣城不久，一輛帶篷馬車也朝繞山村而去。

周氏和譚星待在家，看見他們，有些納悶。「怎麼都回來了？」

齊芳自認抓住了二房的大把柄，迫不及待又十分氣憤地開口告狀。

「娘，我們在村裡是被蒙了眼睛、堵了耳朵！人家二弟和弟妹在縣裡不僅有個萬寶肆，還有個什麼紅袖閣，卻瞞著我們，光顧著往自己腰包撈錢！」

周氏皺眉。「老二，這又是怎麼回事？」

譚淵完全沒否認。「確實有此事。」

齊芳氣道：「不僅如此，跟二弟合夥開店鋪的人，還是害了我弟弟的那個女人。娘，您這次說什麼也要為我們作主，二弟分明是不把這個家放在心上了。」

這回譚威也冷著臉，沒有說話。他不在乎譚淵跟誰合夥，但譚淵背著他們擁有那麼大的產業，這就是不對的。

蘇如意解釋道：「娘，這鋪子我並沒有出錢，是殷七娘在鎮上的鋪子裡買了我做的絹花，覺得喜歡，找上我的，讓我教她手下的人做東西。這鋪子剛開張不久，我們一分錢也沒有拿到，才暫時瞞著您的。」

周氏不能接受這種理由。「不管出不出錢，賺不賺錢，這麼大的事，為什麼要瞞著我？你們是不把我這個娘放在眼裡了？」

蘇如意不敢說話了，譚淵道：「是我的主意，當時覺得這鋪子賠錢與否還不好說，想等穩定下來，再告訴您。何況……殷七娘的身分也有些特殊，怕您不答應。」

李氏坐在一旁，這本是譚家的家事，她不該說話，但涉及到她兒子，自然不悅。

「親家呀，這女人可信不得，就是她哄騙勾引我家阿勇，害得他坐牢。跟這樣的人合作，到時候怎麼被坑的都不知道。」

「大娘不用擔心。」譚淵道：「我們的書契都是簽字畫押，寫得清楚明白，官府那裡的商冊也是登記過的。她與如意平分利潤，作不了怪。」

齊芳聽到了關鍵，轉頭看向蘇如意。「商冊上是弟妹的名字？」

譚淵十分理所當然。「殷七娘看中的是如意的手藝，當然是與她合作，不簽她的名字簽誰的？」

齊芳緊繃著臉。「就算是弟妹的名字，進項也得算家裡的吧？」

譚淵還是那套說詞。「兩個鋪子的利潤，都是要先用來還債的。」

這回，家裡的人都不能接受了，別說大房，周氏也不高興，瞞著他們就算了，先前只是一個鋪子，現在居然有兩個，還不想將交錢給家裡，太不像話。

「老二，萬寶肆的銀錢用來還債就夠了吧？」

「萬寶肆的股份沒有紅袖閣多，紅袖閣的利潤更高，一起還債會更快。」譚淵道：「每個月除了給娘和大哥的工錢，我們願意再拿出一兩放到公帳裡，應該足夠家中開銷了。」

若是用以前的眼光看，這確實不少了，一兩加上他們的工錢，加上其他進項，一個月能有二兩銀子，幾乎是翻了一倍。

但知道二房有兩間鋪子後，大房豈能樂意，頓時眼紅。

「你們置辦私產，身為小輩還企圖分家，這可是不孝！」

譚淵確實想分家，他不在乎孝敬老娘，卻厭惡大房來分一杯羹。但確實如齊芳所說，晚輩若無正當理由，是不能分家的。

「娘，自從如意進門後，我們家的生活已比之前好了許多，也不急著用錢。我們借這麼多銀子，都是為了這個家，您卻不答應先讓我們還債？」

周氏有些為難，她不是不讓譚淵還債，但她隱約覺得他和蘇如意的心太大，已經不由家裡管束。

她不知道兩間鋪子能賺多少，債又要多久才能還完？就算他們私自扣了錢，她也是不知道的，會不會等他們還完，就更不願意拿錢回家了？

周氏沈默，一向不怎麼說話的譚威，這時開口了。

「這樣吧，二弟能否讓我們去兩家店鋪查帳？到底什麼時候能還完債，我們心裡也有個數。其實，應該直接把股份放在娘的名下，這樣每個月賺的錢交到娘手中，她也可以拿出來給你們還債。」

齊芳眼睛一亮，她的木頭男人總算開竅了。「對！這樣最公正了，又不是不讓你們還債，可你們不能自己攬著銀子啊。」

周氏也點頭。「放心，我會先讓你們還債。每個月的三成，也會照常給你們。」

蘇如意為難了。「可七娘當初定要找我合作才放心，還怕我違約，把東西再賣給別人，連夫君的名字都不允許寫。鋪子的錢都是她出的，自然是她說了算。」

「她算什麼東西？如果她不答應，那妳就不幫她做東西了，她還能怎麼辦？」齊芳對殷七娘非常痛恨。

「和氣生財，若因為這個鬧得不愉快，鋪子還怎麼開？」譚淵堅決不肯。

周氏生氣了。「老二，你老實說，是不是因為你們現在發達了，真的想脫離家裡，自立門戶？」

蘇如意忽然哽咽起來。「我們不是想自立門戶。娘和大哥大嫂是不是不相信我，不把我當作一家人，才覺得不應該放在我名下？」

周氏語塞，現在她與蘇如意處得挺好的。「妳想多了。」

「就算娘不這麼想，大哥大嫂也定是把我當外人，覺得我會私自吞錢。」

蘇如意紅著眼眶。「既然你們不肯，殷七娘也不會讓我更改名字，那我明日就去找她，以後不再合作。」一說著便起身，委委屈屈地出了正房。

「這……」周氏愣住。進門後，蘇如意一直乖巧聽話，真沒見過她這麼使性子的時候。

齊芳更瞧蘇如意不順眼了。「二弟未免把人寵得太嬌氣，就算不放在娘的名下，也該寫你的名字才對。」

譚淵冷著臉。「我不妨直言，現在如意的身家比我高得多，她願意好好跟我過日子就不錯了。你們真把人逼急了，到時候雞飛蛋打可別哭。」

瞧著夫妻倆一前一後出去，周氏等人也氣壞了。

譚威搖頭嘆氣。「二弟這是徹底向著媳婦兒了。現在說是要還債，等以後還完，恐怕還有別的藉口。」

周氏冷著臉。「晚上我再與他說。難道他真能為了媳婦兒，就不管他娘了？」

只是，他們沒來得及等到晚上。

沒多久，村長喬玉林帶著人上門，一向冷靜的他，神色有些激動。

「譚嬸兒，妳家二媳婦在不在？」

幾人出去一看，不僅是喬玉林，門口還停著一輛看著就值錢的大馬車，不少村民好奇地圍過來看。

周氏的心一跳一跳的。「她在，你們找她有什麼事？」

「不是我找，是有位貴人找她。」喬玉林面露笑意。「喜事啊，縣令夫人查出來，如意就是她十幾年前走丟的外甥女。」

此言一出，裡裡外外的人全傻了，齊芳尖聲道：「你說什麼？」

這時，馬車旁的下人一掀簾子。「夫人，這就是表小姐家了。」

有個丫鬟先下車，雖說是丫鬟，穿著打扮也比村民好多了。她站穩後，才扶著一個端莊美貌的婦人下了車。

袁氏一身鵝黃褙子，披著淡青色狐毛斗篷，髮間插著一支金燦燦的孔雀金簪，戴著一對玉石耳環，打扮得簡單大方，但看著就貴氣。

她的神色嚴肅，還微皺著眉。「如意就住這裡？」

喬玉林忙道：「是，表小姐嫁給了這家的二兒子譚淵。」

這可是縣令夫人啊，馬車後頭還跟著兩個拿刀的壯漢。一群人連大氣也不敢喘，但心裡都在嘀咕，蘇如意是買來的，怎麼會是縣令的外甥女？

可真要細瞧瞧，蘇如意本就長得美，眉眼跟這個婦人真有幾分相像。

袁氏不願進去，吩咐道：「請她出來。」

她身旁的下人不知道蘇如意在哪間屋子，喬玉林便親自去敲西屋的門。

「譚淵啊，你們夫妻出來一下。」

房門吱呀一聲，譚淵和眼眶發紅、顯然哭過的蘇如意出了門。

蘇如意一出來，剛才還端著架子的袁氏立刻柔和了神色，上前牽住她的手。
「孩子，妳就是如意吧？」
蘇如意神色茫然。「您是？」
袁氏急切道：「我是妳小姨呀，妳姨夫是青陽縣令，他已調查清楚，妳就是當年我丟失的外甥女。如今一見，絕不會錯，妳果真與大姊長得一模一樣。」
「真的？」蘇如意輕眨眼睛，睫毛上還掛著淚珠，讓袁氏看得心疼不已。
「怎麼會假，難道小姨會隨便認個外甥女？妳這是怎麼了，怎麼哭了？」
蘇如意委屈地垂眸，不說話。
袁氏肅起臉色，頗有氣勢的眼神掃過譚家人。「妳就嫁入這樣的婆家？太委屈妳了。」
這話很不客氣，但人家可是縣令夫人，誰敢辯駁，何況蘇如意現在還在哭呢。
「別哭。」袁氏拿出自己的手帕，溫柔地替蘇如意拭淚。「以後妳是咱們翟家的姑娘，誰敢給妳臉色看？既然過得不順心，小姨帶妳走可好？」
「如意……」譚淵喊了聲。
蘇如意回頭望向譚淵，面露不捨。「小姨……我與夫君情投意合。」
「情投意合？那妳怎麼在哭，怎麼還是奴籍？可見他們並未把妳當作自家人。」袁氏冷眼看譚淵。「如意的賣身契呢？」

譚淵難受地說：「夫人，草民對如意是真心喜愛。」

「真心喜愛，還讓她受委屈？」袁氏冷哼一聲，讓下人拿來三錠銀子。「據嚴婆所說，你們花了十兩買下如意，現在我用三十兩將人贖回，賣身契拿來。」

就算出銀子，也需要買家同意才能贖回，但誰讓袁氏身分壓人，譚家人沒一個敢說不。

譚淵極不情願地拿出賣身契，袁氏把銀子交給他。袁氏不缺這三十兩，但不想給讓外甥女受委屈的婆家，不過無妨，他們遲早要還回來的。

蘇如意不願意走，但在袁氏的堅持下，什麼都沒帶，坐著馬車跟袁氏去縣裡了。

第三十七章

人一走，村民們這才敢說話，紛紛圍上去。

「如意居然是縣令的外甥女？這可真是攀了高枝啊，你們的命也太好了。」

「命好？」喬玉林不好對周氏發作，有些不悅地問譚淵。「你們是怎麼回事，怎麼讓她受了這麼大的委屈？讓縣令夫人如此不滿。」

譚淵一臉陰沈，不加遮掩地冷笑道：「可能譚家就是沒有那個富貴命。」自家兒媳婦是縣令的外甥女，這是多大的榮耀和便宜啊，偏偏剛相認，人就讓縣令夫人接走了，賣身契還被拿走，現在完全跟譚家沒關係了。而且，拋開蘇如意的身分，她那手藝讓多少人眼饞。

周氏覺得大家心裡都在嘲笑她，將大門一關，快步回了屋。

其他人也回神了，除了待在縣裡跟鄭曉雲作伴的譚星，其他人都是一臉凝重。

譚淵不掩飾自己的怒氣了。「這下，你們都滿意了？」

周氏心裡也不好受。「誰會知道她竟然是縣令夫人的外甥女。」

「知不知道又如何？要不是你們剛才咄咄相逼，要不是她受了委屈，就算她們相認，憑藉如意對我的情分，也不會離開譚家。」

譚威忙勸道：「二弟冷靜些，她與你做了半年的夫妻，興許還有挽回的餘地呢。」

齊芳看著桌上的銀子。「起碼縣令夫人沒有仗勢欺人，還給了銀子。」

譚淵一拍桌子，怒視齊芳。「大嫂這是何意，難道想讓我用媳婦兒換銀子?!若是大哥用妳換了銀子，不知大嫂還會不會這麼豁達？別說如意的手藝，就說她那間紅袖閣，三十兩不過是半年的分紅，當真是鼠目寸光！」

周氏眉心一跳，心裡也後悔。她對蘇如意這個兒媳挺滿意的，損失一個縣令外甥女的兒媳，還少了一家店，恐怕兒子還要埋怨她，如何不頭疼？

譚淵拿起枴杖。「也好，我一個廢人，本就不該拖累她。如意走了，我這輩子不會再娶妻生子。」

「老二！」周氏急喊，譚淵卻頭也不回地出去了。

這會兒，周氏也有些氣大房了。「你看你們，這時候了還來刺激他，現在可怎麼辦？」

齊芳委屈道：「不能怪咱們啊，是蘇如意隱瞞在先，還不想交錢給您，誰知她竟會是這種身分。」

周氏看著桌上的三十兩，一點也開心不起來。這三十兩還不夠還一半的債，與蘇如意的身分和店鋪比起來，更是不值一提，現在真是雞飛蛋打了。

譚淵回屋後，一改神色。這是他們先前計劃好的，但他心裡還是隱隱不安。從一進門開始，她就盤算著離開譚家，即便後來和他生情，時日也短。若她真想走，此時無疑就是良機，完全沒有羈絆。

他深呼口氣，從懷中拿出她繡的香囊，攥在手裡。他是為了不再受家裡掣肘，為了讓他們先提出分家，但也是在賭，賭她對他的情誼。

袁氏接蘇如意回縣裡後，先帶她去租的房子收拾東西。

鄭曉雲和譚星不明所以。「如意，這是怎麼了？」

袁氏和顏悅色地說：「如意是我的外甥女。如今她已經跟譚家沒關係了，要搬去跟我住。」雖然是演戲，但能跟蘇如意住一段時日，袁氏還是很高興的，也好乘機多補償她。

譚星臉色大變，哇的哭起來，抱著蘇如意不讓她走。「二嫂，妳不要我二哥了嗎？」

蘇如意忙摸摸她的腦袋。「別哭。」

「二嫂別走。」譚星豆大的眼淚往下掉。「是不是二哥惹妳不高興了？我叫他向妳賠罪，妳別不要他，二哥真的好喜歡妳的。」

蘇如意不知道該怎麼安慰譚星，又不能說這是暫時的，只能道：「不是因為他，是因為鋪子的事。」

她輕嘆口氣。「除了妳和他，其他譚家人從來沒有接納過我。妳和曉雲繼續住下吧，不影響妳們做工和生活，有事去翟府找我。」

蘇如意搬到翟府後，就沒再去見譚家人。

譚星跟著送貨的譚威回去後，才知道是怎麼回事，當下就無語了。

「二嫂一直說，把債還完就能在縣裡買房子，到時候就能接娘過去孝敬。現在我也替紅袖閣做東西，一個月光月錢就能拿三、四百文。您這麼一鬧，以後我怎麼幹活？」

其實，譚星最捨不得的，還是蘇如意。蘇如意疼愛她又大方，說句不好聽的，比她娘對她上心多了。

但譚星挺聰明的，知道她娘最在意的是什麼，拿感情說事未必有用，得讓她知道損失多大才行。

這幾天，周氏愁眉不展。譚淵去縣裡的時候，也沒跟她說一聲，可見真是生氣了。

聽譚星說起蘇如意的好，她也想起之前蘇如意對她的孝順了。蘇如意沒錢的時候，都捨得替她買首飾、做衣裳，等他們賺了錢，還能不孝順她嗎？就算他們不把錢交上來，也比人和鋪子全沒了強啊。

「誰也沒想到她會被帶走。星星，妳跟她處得好，要不妳去勸勸？就算她是縣令的外甥女，也已經嫁過人，總不好再改嫁，跟妳二哥的感情又不錯，叫她回來吧。」

譚星早就勸過了，但這件事的癥結不在她身上，不是她能說得動的。

「您想想，二嫂是為什麼傷了心要走？她要是回來，家裡還這樣對她，她會肯嗎？」周氏發愁。「她不就是不願意拿出那鋪子的利潤嗎？既然她要用來還債和買房，我不跟她要就是了。」

譚星這才點頭。「不過，現在二嫂不是一個人，就算願意回來，也要看縣令夫人答不答意。為了表示咱們家對二嫂的重視，我陪您一起上門？」

周氏倒沒什麼意見，這麼大的事，讓個小孩子去辦也不合適。再說了，人家那種家世，她有什麼拉不下臉的？

第二天，周氏讓譚威套驢車，載她和譚星去了縣裡，穿的還是蘇如意過年時買給她的綢面新衣。

路上，她咬牙買了雞蛋和肉，還有點心水果，跟譚威說了聲，便帶著譚星去縣令家。

家丁都認得譚淵，得知她們是譚家人，進去通報了一聲。

將人請進大堂後，只有袁氏在，並未讓蘇如意來見人。

周氏頭一回進這種高門大院，她沒見過這麼好的房子，拘謹得很，人家讓她坐，也只用半個屁股挨著椅子。

袁氏叫人上了茶，先看向譚星。「如意一直跟我說，她很想妳，妳去跟她說說話吧。」

譚星驚喜道：「謝謝夫人。」忙起身跟著丫鬟走了。

周氏更緊張了，袁氏的表情也淡淡的。「咱們兩家已經沒什麼關係了，不知道周夫人為了何事而來？」

周氏忙道：「我是為了如意。夫人，我們之間有點誤會，但不管我兒子還是我自己，都是很喜歡如意的。自從她走後，我兒子茶不思、飯不想，人都瘦了一圈。您行行好，讓她回來吧。」

袁氏哼了一聲。「我家如意自小流落在外，吃了不少苦，本以為嫁人就能過上安穩日子，結果呢？她累死累活地幹活掙錢，養你們一大家子人，你們還不知好壞，不准她手裡有錢。如今她吃得好、住得好，又能自己賺錢，何必回去受罪？」

周氏的頭更低了。「之前的事，是我們不對，只要如意回來，我們不會再要她手裡的東西。民婦只希望她能和我兒子好好過日子，以前他們小倆口甜甜蜜蜜，感情是很好的。」

周氏說完，袁氏兀自沈默一會兒，神色似有所動搖。

周氏見狀，忙道：「夫人一定也問過如意了，我兒子待她是極寶貝的，平時除了做手工和做飯，連重活都捨不得讓她幹。

「現在我兒子也有間鋪子，不敢說大富大貴，卻不會讓如意吃苦。如意若想再嫁，肯定不難，可來求親的，怕是圖她的鋪子和靠山，但我兒子是完全一心一意對她這個人好。」

袁氏輕嘆口氣。「這些日子，如意也跟我說了不少。譚淵對她是沒得說，她也喜歡小姑子，妳這個婆婆沒有瞧不起她，還對她頗為縱容。」

周氏沒想到鬧成這樣了，蘇如意還能說她的好話，頓時感慨萬千，心想等蘇如意回來，一定要好好待她。

袁氏的話鋒又一轉。「可是，妳的大房兒媳總是看她不順眼，處處為難。時日久了，妯娌間早晚要鬧出事。」

周氏也知道齊芳善妒，性子也不好，忙道：「以後我一定好好管教她，不許她插手二房的事。」

「她對如意不滿，即便明著不說，誰知道會亂傳什麼話，壞她名聲。」袁氏喝了口茶。「這樣吧，讓如意回去也可以，但我有幾個條件。」

「您說。」

「第一，如意已經不是奴籍，也跟譚家毫無關係，總不能讓她這麼不明不白地回去。當初她是被賣的，連個像樣的婚禮都沒辦，如今我找回她，自然想補償，讓她風風光光地從翟府嫁出去，讓別人不敢再說閒話小瞧她。」

周氏心想，雖然有點麻煩，但蘇如意現在有長輩了，這也是人之常情。

「好，我回去就張羅著請人來下聘。」

「第二，如意自己的鋪子，包括以後她想做什麼營生賺錢，你們不許再插手。」

「沒問題。」

「第三。」袁氏幽幽道：「你們分家。」

周氏剛要答應，猛的反應過來，震驚地看向袁氏。分家？這就有點過分了吧！

袁氏是壞人當到底。「我讓如意回去，不是為了受委屈的。妳家大房的為人，我信不過，如果妳擔心譚淵和如意以後不管妳，可以跟二房一起住，但大房必須跟二房分開，否則就沒什麼可談的了。請回吧。」

周氏一顆心上上下下，煩亂不已，簡直是左右為難。分家可不是小事，只要她活著，就沒想過把家分了。

要是不分，她少了個能賺錢會孝順的二兒媳不說，老二還會怨她。

要是分了，老大豈能不埋怨她，那她跟大房還是二房住啊？

周氏為難的時候，譚星和蘇如意也在說話。

蘇如意聽說譚淵瘦了一圈，驚道：「我才離開多久，他怎麼會瘦了？」

他是怎麼搞的？別人不知道，他可是知道他們在演戲呀，這是太投入了？

譚星唉聲嘆氣。「還不是想二嫂想的，整天埋頭在鋪子裡幹活，幫他做了飯，也就勉強吃幾口。前幾天我幫他收拾屋子的時候，還聞到他屋裡有酒味呢。」

這段時日，蘇如意也想譚淵，雖然初時兩人沒什麼感情，但真沒分開過呢。可是，最多月餘，等事情定下便能安穩，所以她安心陪陪袁氏跟表弟，忙忙鋪子的事，過得還算充實。

看著蘇如意擔憂的臉色，譚星覺得有戲。她就說嘛，二哥二嫂的感情還能有假？肯定是縣令夫人覺得他們家不好，攔著二嫂，不讓二嫂回來的。

於是，她添油加醋道：「我怕二哥這麼下去會吃不消，二嫂，妳能不能見他一面，先勸勸他？」

雖然說好暫時不見面的，但蘇如意實在擔心譚淵，演戲也不用這麼演吧，便答應了。

「見面可以，但妳不能告訴任何人。」

譚星忙保證。「絕對不說，連娘都不說。」

周氏和譚星從翟府出來後，就去了萬寶肆，找譚淵跟譚威商量。

譚淵不說話，譚威卻不贊成。「怎麼能為了一個女人就分家？這也太兒戲了。」

周氏嘆氣。「那你說能怎麼辦？人家有縣令夫人壓著，總不能讓你二弟沒了媳婦吧？」

譚星是站在二哥二嫂這邊的，分不分家，跟她又關係不大。她也早看不慣大嫂那副占便宜的嘴臉了，但她沒什麼資格說話就是。

「老二，你怎麼想？」周氏問。

譚淵笑了聲。「若是分家，如意回來後，不會少孝敬您。要是如意不回來，就算不分家，我鋪子裡的分紅少不說，還要還債，也交不出幾個銀錢。沒了如意源源不斷的新鮮玩意兒，萬寶肆不過就是個跟其他雜貨鋪沒區別的小店罷了。」

這才是關鍵。不是周氏答不答應分家，而是蘇如意不回來，那他們就什麼都撈不著。

周氏終於下了決心。「村長已經在丈量周家的田地，這幾日要分給村裡。到時候，咱們就分家。」

譚淵問：「您要跟誰住？」

「什麼我跟誰，你們不都是我兒子？」周氏嘆口氣。「你們都成家了，我就帶著星星，過幾年她嫁出去，我輪流在你們兩家住。到時候，要是如意生了，也能幫她帶帶孩子。」

譚淵沒什麼意見。「除了工錢，我們每個月再額外給您二百文養老。」

譚星沒成家不用出，他出二百文，那大房肯定也要出二百文，加上譚星賺的錢，一個月就有一兩多的進項，可以過得很滋潤了。

商議完，譚威和周氏回繞山村。譚星留下來做工和做飯，現在縣裡的房子，只有他們兄妹倆住。

蘇如意搬走了，鄭曉雲繼續住在那裡，自然不合適，早就搬到殷七娘那裡了。

第三十八章

這日，眼看都快中午了，譚星還沒回家張羅做飯。

譚淵從帳本裡抬起頭。「怎麼不回去？」

譚星搖頭。「飯早做好了，你回去吃吧，吃完在家裡歇歇。」

譚淵揉了揉眉心，沒讓譚星再來回跑一趟。這些日子，他確實休息得不太好，腦袋有點隱隱作痛。

他回到家，發現院門竟然沒鎖，自家妹妹也太粗心了吧？

推門進去，他就看見了俏生生站在房門口的蘇如意。

他張了張嘴，沒想到是她回來了。

蘇如意一聽見院門響，就出來了，瞧見半個月未見的男人，有點恍惚。除了腿，一直很健朗的譚淵，竟真的瘦了。

她快步上前，抬手摸他的臉，開口就埋怨道：「你怎麼回事？為什麼沒有好好吃飯，瘦了這麼多？」

譚淵覆上她的手，貪婪地看著她的臉。「如意，妳回來了？」

蘇如意又氣、又心疼。「我才離開多久？要是多些時日，你要怎麼糟蹋自己？」

譚淵不說話，扔了一支枴杖，單手將她緊緊攬進懷裡，把頭埋進她髮裡，深深吸了一口氣，感覺整個人都活了過來。

她還偷偷回來見他，還惦念著他，可見她是真心想跟他過下去的。

蘇如意倚在他胸前，被熟悉的氣息包圍，越發明白她到底有多想他。

兩人就這麼在門口依偎了半天，蘇如意才退開。「先吃飯，等會兒該涼了。」

譚淵的神色輕鬆起來。「什麼飯？不是妳做的，我不吃。」

蘇如意打開食盒，白了他一眼。「難不成就因為我沒幫你做飯，而把自己弄成這樣？」

譚淵一看那幾道菜，便知道是她的手藝。

「我是那麼逞口腹之欲的人？我這是想妳想的。我不好去翟府，妳這個小沒良心的，一走就是好幾天，也不知道來看我？」

蘇如意當然也想他。「當初不是說好了嗎？暫時不見面的。這才分開多久，我要是忍不住回來見你，豈不讓小姨笑話？她是要你明媒正娶，才讓我回來的。」

譚淵也明白，就是忍不住不安。明明主意是他出的，卻不止一回怕她一去不復返。現在，他更是一刻不想離人，抱著蘇如意不放手。

「一起吃。」

兩人膩在一起，你一口、我一口吃完了午飯。

蘇如意打算回去了，譚淵拽著她不放。「陪我休息一會兒再走。」

蘇如意看著他眼下淡淡的青色，哪能說出個不字，將飯桌收拾好，漱漱口，脫了外衣上床，就被譚淵緊緊壓在懷裡。

「如意。」譚淵低沈的聲音中帶著壓抑的思念，親了上去。

蘇如意被他一碰，渾身發燙，由著他親了半晌，才推開他。「行了，你不是要睡嗎？」

譚淵抵著她的額頭。「不想睡，只想妳。」

以前蘇如意都沒覺得譚淵這麼黏人，不過分開一陣子，還學會油嘴滑舌了？但不得不說，聽這個冷清的人說情話，挺受用的。

她笑著捂住他的眼。「不行，什麼都不許幹。你要是不睡，我就走了。」

雖然饞著蘇如意，但譚淵是真的累，此時放了心，整個人鬆弛，很快就睡著了。

這些日子，蘇如意白天忙碌充實，但晚上睡覺的時候，就會想念譚淵。雖然翟府裡一點都不冷，可怎麼都感覺冷冷清清。

她抬手撫上他微擰的眉頭，不知不覺中，她好像也已經離不開他了。

譚淵這一覺睡得有點久，蘇如意瞇了一會兒便醒來，他還睡得沈，便悄悄起身回去。

等譚淵醒來後，看著空蕩蕩的床榻，唉聲嘆氣。

他迫不及待把人再娶回來了。一個人，是真的沒滋味啊。

於是，他去了鋪子後，便開始寫單子。重新辦一回婚禮，他也想辦得風風光光。縣裡沒什麼親戚，肯定還是要先把人娶回村裡，那屋子就要好好裝飾一番。

譚星知道二嫂還能回來，也歡歡喜喜地幫著譚淵挑東西了。

繞山村分了地，周氏讓譚威來通知譚淵跟譚星，回去分家。

分家是件麻煩事，但譚家沒多少家產，在村長的監督下，將房子、田地、存銀平分。至於家中的東西，如農具用品之類，譚淵一律不要。他和如意沒打算種地，到時候都會交給周氏打理，頂多每年分一點糧。

其他的，大家都沒意見，但到了分錢的時候，齊芳還惦記著袁氏給的三十兩。

譚淵冷聲道：「這回可不是買人，是向縣令外甥女正兒八經地下聘。人家給了我們三十兩，難道我們的聘禮能比三十兩少？怕是縣令夫人當場就會讓人把聘禮扔出來。」

這道理，周氏還是懂的，不僅要把三十兩全送回去，還得多加，不然沒臉的是自己。

周氏將三十兩放在一邊。「娘有點積蓄，再添五兩。」

譚淵拿出自己手上存的，又加了些，湊到五十兩。聘金下三十八兩，剩下的用來置辦其他聘禮和辦筵席。

對於他們這樣的人家，三十八兩委實不算少了，相信袁氏能理解。

當初蘇如意是買回來的，只請親近的人吃了頓飯，根本不算婚禮，也沒收紅包。這次辦完筵席，還能收回些銀錢。

很多事情都是譚淵親力親為，聘禮都挑好一些的。不在多，但不能次。

房間重新請人粉刷一遍，還買了新桌椅和屏風。到時候買了房子，可以直接搬去新家。

這次，袁氏沒再為難他了，因為小倆口已有夫妻之實，袁氏選了最近的日子，婚期訂在三月。要是按照三媒六聘的正經規矩，訂親和成親的日子，最少要隔一年以上。

這回，蘇如意是真的沒辦法再去見譚淵了。依據習俗，訂了親又未過門的未婚夫妻，是不能見面的。

幸好，這次兩人都沒閒著，譚淵除了鋪子的事，還要忙著裝修新房和採買。蘇如意則要繡嫁衣，三個月有點趕，但以她的針線功夫，應該趕得及。

她剛穿越過來的時候，就是新婚夜，但穿的是很劣質的嫁衣，洗過還得送還給店家。

這回的嫁衣，是袁氏特地請人為她訂製的。以她的手藝，要做這種衣裳，還是有點勉強，但刺繡可以自己來。

期間，她除了去紅袖閣，就窩在翟府繡嫁衣。

這日，譚淵正在鋪子裡算帳，六子過來敲門。「二哥，有人找你，說是你的舊識。」
譚淵沒出去，道：「請進來吧。」
一名年輕男子推門進來，面孔卻是陌生得很。
譚淵愣住。「請問你是？」
年輕男子也一臉茫然。「你是誰？孫掌櫃呢？」
原來是找孫振的。譚淵道：「他現在已經不在這間鋪子幹活了。」
「啊？」年輕男子詫異。「那周成呢？」
他竟然知道這家店的前老闆是周成？譚淵立刻警覺起來。「你是他的？」
「朋友罷了。」年輕男子有些不耐煩。「他到底在哪兒？我有事找他。」
譚淵笑了笑。「周成犯了些事，被關進大牢，這家鋪子已由我接手。」
年輕男子臉色一變。「他被抓了？為什麼？」
譚淵緊盯著他。「他的錢不乾淨，縣令大人正在查，這家店也是官府出讓的。」
男子眼中閃過一絲驚慌，匆忙說了句告辭，便急匆匆離開了。
譚淵低聲吩咐。「六子，跟著他。」
六子應下，不動聲色地跟了出去。
周成平時不與人交惡，但也沒見他有太親近的朋友。這男子居然知道他的私產，怕是關係不一般，聽說周成的錢有問題後，反應還有瞬間驚慌。

這男子可能就是突破口，而且必須要打草驚蛇！

半個時辰後，六子回來了。

「二哥，他進了一間宅子，我問了問對面的茶鋪夥計，說是官商蔡家，他可能就是蔡家的兒子蔡月柏，經常在外頭做生意，這次也是剛回來不久。」

譚淵心裡了然，蔡月柏恐怕並不知道周成的變故，才會如往常般來萬寶肆找人。既然蔡月柏知道如此私密的事，想必兩人不是單純的朋友。周成其他的產業，會不會與此人有關？

譚淵想著，立時起身去縣衙找翟勤。翟勤查了蔡家的產業，卻未發現和周志坤父子有什麼關聯，只能派捕快時刻盯著周成。

自那日後，蔡月柏沒再來過萬寶肆，也沒去繞山村，更沒去過縣衙大牢探望周成。

轉眼到了三月，周成出獄了。離譚淵和蘇如意成親的日子，不足半月。

蘇如意住在翟府，不怕什麼，卻擔心起譚淵，畢竟周成可是朝譚淵下過殺手的。

晚上吃飯時，她露出擔憂之色。翟勤安撫她，打從出獄後，周成就被盯著了。

周成並未察覺。現在他身無分文，連住的地方都沒了，整個人狼狽又邋遢，從衙門出來後，便去了蔡府。

蔡月柏見他這副樣子，嚇了一跳，忙讓下人先伺候他洗澡刮鬚，換了乾淨衣裳。收拾好後，周成這才感覺活過來一般。蔡月柏已經張羅一桌酒菜，先陪他喝了兩杯，才問起事情的前因後果。

「周兄，這到底是怎麼回事，你怎麼落到這步田地？」

周成眼中有化不開的戾氣。「被一對狗男女算計了，現在我爹還在牢中。」

兩人邊吃邊說，周成問蔡月柏這趟跑得怎麼樣？

蔡月柏跟周成認識幾年了，可謂性情相投。周成不只拿了二百兩銀子跟他一起做生意，連逛個勾欄院都是一起的，所以周成才信得過他。

「還不錯。你現在手頭沒錢吧？除了你放在我這裡的二百兩本金，其他的我都給你，你重新置辦一些產業。」

此時，周成無比慶幸自己留了一手，否則現在就真的走投無路了。

「我饒不了這兩人！」周成狠狠道。

他心中愁悶，多喝了幾杯，睡了一覺後，先跟蔡月柏勾肩搭背地找樂子去了。在牢裡整整待了三個月，他一個血氣方剛的男人，急需發洩，洩火也洩心裡窩的氣。

周成了解譚淵，譚淵不會那麼容易放下對他的戒心。出獄後十來天，只管吃喝玩樂，不再像以前那般，在任何人面前裝出正經樣子。

他如此謹慎，官府一時也查不出什麼。十天後，他跟著蔡月柏離開青陽縣，做生意去了，捕快自然沒辦法繼續跟著。

他一走，怎麼也要兩、三個月，譚淵暫時鬆了口氣，至少可以安安心心地辦完親事。

成親前一夜，蘇如意要早早睡下。這可是她出於自己的心意，真正要嫁給譚淵了，還是有些興奮的。

儘管如此，她也沒睡多久，天剛亮就被喊醒，先吃了碗餃子墊肚子，才開始打扮。

蘇如意打著哈欠，任由身後的人搗鼓，盤髮上妝，最後是穿嫁衣。

翟凌雲起來後，就一直盯著她梳妝，滿臉的不高興。「表姊，妳不能讓表姊夫嫁到我們家嗎？」

這幾個月，他跟溫柔漂亮，還有耐心陪他玩的表姊建立了深厚的感情，就算是自家娘親，也沒有表姊這麼心靈手巧，教他做了好多有趣的東西。

蘇如意笑著捏捏他的臉蛋。「咱們離得又不遠，以後你想表姊了，就去找我，我也會時常來的。」

「穿好了。」喜娘驚豔地打量著面前的新娘。她們就是做這個活計的，卻沒見過幾個新娘有蘇如意這樣的姿容。

一頭墨髮盡數盤起，戴上各種金玉髮飾，平時看著極為顯小的面容，也多了幾分少婦的韻味。

裁剪合身的喜服，將她越發窈窕的身材勾勒得恰到好處，上好的絲綢色彩明豔，質地絲滑，上面還有她親手用金線繡的富貴花開。

華貴鮮豔的嫁衣，越發襯得她小臉白嫩嫩的，恍若一朵盛開的牡丹，讓人移不開眼。

袁氏紅著眼眶，欣慰又不捨，但外甥女已然亭亭玉立，又心有所屬，她也留不住。

院子裡的動靜漸漸大起來，是翟勤請的賓客陸續到了。

這邊的風俗是男方跟女方分開辦筵席。到了吉時，新郎來迎親，要經過賓客的為難和考驗，才能把新娘子接走。接著女方開席，男方則要等新郎新娘拜過堂後。

翟勤請了不少有頭有臉的人物，袁氏也將縣裡有些身分的女眷們全請來。這麼大費周章，只是為了正式宣佈蘇如意的身分，讓她名正言順地從縣令府嫁出去。

蘇如意打扮好，等了一會兒，忽聽外面響起鞭炮聲，是新郎來迎親了。

她被蓋上蓋頭，聽見外面熱鬧得很，卻不知道在做什麼。

蘇如意不禁有些擔心，譚淵的腿腳不好，不知這些有錢、有身分的人會不會瞧不起他，或是出什麼難題為難他？

其實，在譚淵來之前，翟勤就跟賓客說過，外甥女婿是他以前的屬下，因為救人才落了殘疾，讓他們正常以待。

縣令大人的面子，誰敢不給？大家只玩些無傷大雅的小把戲，熱鬧一下罷了。

不過，譚淵雖拄著枴杖，一身喜服下的身形卻也筆挺修長，面如冠玉，不卑不亢，舉止得體。眾人不由高看幾分，難怪翟勤會把外甥女嫁給一個殘缺之人。

譚淵過了幾關後，被眾人簇擁著進了房間。

蘇如意從他手中接過紅綢，兩人到了大堂，拜別長輩。

袁氏趁著賓客都在圍觀，含著淚道：「如意，妳流落在外十幾年，小姨才找到妳，以後必不再讓妳受委屈。譚淵，你好好待她，若是欺侮她，我不會客氣的。」

譚淵溫潤的聲音響起。「請您放心。」

拜別長輩後，翟勤親自揹著蘇如意上車。譚淵將枴杖遞給隨行之人，翻身上馬，完全看不出腿腳有什麼問題。

青陽縣離繞山村有一段路，駕馬車會比花轎更快些，讓蘇如意少受些折騰。

第三十九章

迎親隊伍一路敲敲打打，半個時辰後，到了蘇如意熟悉的繞山村。

這可是縣令的外甥女出嫁，又是帶大家賺錢的人，村民們幾乎都來了，要擺二、三十桌，還動用了村裡的大院兒。

村外，蘇如意換了在那裡等候的轎子，晃晃悠悠到了譚家門口。

「好氣派呀，不愧是縣令的外甥女。」

村民的驚嘆聲不絕於耳，他們沒見過如此陣仗的親事。

前面是鑼鼓開道，後面是騎著高頭大馬的譚淵，喜轎是八人抬的，兩邊跟著四個丫鬟，後面還有一長串人抬著蘇如意的陪嫁。

金銀首飾、絲綢、嶄新的梳妝檯等等，連譚淵騎的馬都是提前送來的陪嫁，比聘禮還多出幾倍的價值。

落轎後，轎門被踢了一腳。喜婆喊新娘下轎，蘇如意出轎子，跨過火盆，進了正堂。

村長喬玉林十分捧場，親自當司禮。三拜過後，蘇如意被送入她熟悉的洞房。

屋子裡幾乎擠滿了女眷，譚淵一手撐著枴杖、一手拿著秤桿，看著她交握放在膝上的嫩白雙手，情意滿滿地挑起了她的蓋頭。

村民都見過蘇如意，卻還是忍不住看呆了。打扮和不打扮就是不一樣，何況蘇如意被袁氏嬌慣著養了幾個月，已然有了大家閨秀的模樣。

譚淵呼吸一滯，貪婪地看著幾個月未見的妻子，恨不得立刻摟進懷裡一解相思。

喜婆笑著道：「新郎別看呆呀，洞房花燭夜還有得看呢。」說著，將放著酒杯的托盤端過來。

譚淵回神，拿起一杯酒遞給臉頰暈紅的蘇如意，自己拿著另一杯坐下。

蘇如意與他繞過手臂，在他灼灼的注視下，喝了交杯酒。

喝完交杯酒，譚淵要去招待賓客，蘇如意這才能卸下繁重的首飾，換下裡三層、外三層的喜服，穿上輕便的綢緞紅裙，等著譚淵回來。

幾個丫頭與她都熟了，邊幫她收拾嫁妝邊道：「表姑爺是好的，只是住這裡也太委屈您了。」還沒她們在翟家的下人房間好。

蘇如意看著熟悉中又透著陌生的房間，知道譚淵已經盡力收拾過，總不能推了重蓋，便笑了笑。

「婚禮後，我們就不住這裡了。天色不早，妳們收拾完就趕緊回去吧，別太晚。」

袁氏要給她丫頭，蘇如意沒要，她不習慣有人隨時跟著伺候，而且也沒地方住。

幾個丫頭離開後，蘇如意將貴重東西收起來，這些嫁妝加上袁氏上回給的東西，足以還債了，甚至買間小院子也是夠的。

累了一天，蘇如意的體力有點吃不消，反正兩人也不是真的新婚，又不知譚淵幾時回來，乾脆不傻等了。

她倒了熱水，擦洗一遍，換上貼身睡衣，就鑽進了被窩。

本來已有了新被子，這回又多做了兩床，是舒服輕柔的綢面，蓋著很舒適。

躺著太舒服了，沒多久，乏累的蘇如意就沈沈睡著了。

夜深了，譚淵帶著一身的酒氣進來，看見自己的小妻子沒心沒肺地先睡了，便放下枴杖，坐在床邊，凝視著她。

不知是不是老天對他這條腿的補償，竟把這麼個寶貝送給了他。這回是名正言順，入了自家祖籍的。

她的臉已經洗得乾乾淨淨，沒了那些胭脂水粉，更嫩得像水蜜桃似的。

他剛想傾身親一口，便聞見了酒氣，只能起身去漱洗。

再上榻時，他可不怕吵醒人。她睡了這麼久，也歇得差不多了。

蘇如意便是被他不老實的動作鬧醒的，不滿地嚶嚀一聲。「我要睡覺。」

譚淵扣住她來推他的小手。「夫人，這可是我們的洞房花燭夜。」上一個新婚夜，兩人互相嫌棄，什麼也沒幹。

蘇如意漸漸清醒了，朦朧的睡眼蒙上另一層水霧。

譚淵俯身親下，好一會兒才放開。「想我沒有？」

蘇如意本就不愛說這些肉麻話，咬著唇不理他。

譚淵越發用力。「沒想？幾個月不見，妳就不想我？」

蘇如意哼哼兩聲。「你怎麼學會這樣了？」男人果然都是人前一套，人後一套的。

譚淵輕笑著，撫摸她殷紅的唇。「為夫可只對妳這樣。」

第二天一早，蘇如意醒得還算早。又不是真的頭一回，身上並沒什麼不適的感覺，反倒是餓得不得了。

她剛起身，就被迷糊的譚淵拽下來抱住。「再睡一會兒。」

蘇如意推他。「之前鬧得不太好看，雖說娘不會給我臉色瞧，心裡到底不舒坦，小姨提醒我，還是要好好相處，省得你為難。快起來，我去敬茶。」

譚淵只能跟著起床。一坐起來，薄被滑落，蘇如意的肩頭和鎖骨露出來，上面全是他咬的痕跡。

蘇如意沒好氣地瞪他一眼，背過身，趕緊換衣服去了。

譚淵卻是神清氣爽，換上一身新做的淡綠色長袍，陪著她去正屋。

這回，周氏不敢再怠慢了，喝了蘇如意敬的茶，還給了她紅包。

吃過早飯後，蘇如意拿出一件薄衣和一對玉鐲，送給周氏。「衣服是我閒暇時做的。鐲子有些貴，我買不起，是小姨送的，我看適合您戴。」

衣料當然是好的，鐲子則是一對深綠色的刻花玉鐲，水潤通透，就算周氏是個外行人，也一眼就能看出好來。

見蘇如意剛過門，就想著孝順她了，可見並未因為身分就不把她放在眼裡，周氏最後那點不滿也沒了。

「好了，不用守在我跟前。你們好幾個月不見了，過兩日又得忙，讓老二陪陪妳。」

蘇如意應了聲，跟譚淵回房。

她收拾了一下，道：「以後咱們又不常住，你還費功夫修繕。」

譚淵笑道：「我不好好弄，夫人覺得我沒誠意，不讓妳嫁回來了怎麼辦？再說，這些家什都是可以搬走的。」

蘇如意很喜愛這張方便，鏡子又清楚的梳妝檯。「過兩天回門的時候，就搬到縣裡吧。回了縣裡，咱們就去找房子。」

譚淵詫異道：「這就要買了？」

蘇如意點頭。「咱們的租房快到期，難不成還要繼續租半年？反正現在也分家了，不需要擔心什麼。到時候娘問起來，就說是小姨給的銀子買的，大嫂也不敢說什麼。」

譚淵抱住她，滿足道：「想買什麼樣的？若想買房，殷七娘那裡就先少還點，裝修跟置辦東西都用錢，她應當能理解。」

「先看了房再說。我跟七娘說好，債直接從我的分紅裡扣，什麼時候扣完了，我再拿錢，不用擔心她那邊。」

兩人當真是小別勝新婚，膩在一起，連門都不想出，也沒人來打攪他們。

在家待了兩天，第三天要回門了。

譚威趕著車，將梳妝檯和幾箱嫁妝搬上去。回來住的時候，還需要桌椅，就留下了。

蘇如意盯著門口那匹威風高大的棗紅色大馬，目不轉睛，她還沒騎過馬呢。

譚淵看著她那樣子，不由失笑。「想騎馬？」

蘇如意點頭，但有點擔心。「你能帶我？不安全吧？」

譚淵挑眉。「小瞧為夫？」他當了幾年捕快，騎馬東奔西走，即便少了一條腿，也不至於那麼沒用，不狂奔還是沒問題的。

蘇如意聽了，特意回屋換上方便的褲子。譚淵扶著她上去，這才踩著馬鐙，輕鬆翻身上馬，兩手將她護在懷裡。

「大哥，煩勞你送一趟了。」

譚威點頭。「小心點。」

譚星也出來，坐上了驢車。

「駕！」譚淵一拉轠繩，馬兒便小跑著朝村外而去。

春暖花開，蘇如意又戴著口罩，並不覺得冷，反倒有種快意瀟灑的感覺。

她摸著馬的鬃毛，道：「我也想學，你教我好不好？」

譚淵沒答應。「妳想騎的時候，我帶妳，妳自己騎太危險了。」她嬌滴滴的，摔一下可怎麼得了。

蘇如意撇嘴，不再堅持了。

他們快一步回了縣裡。雖然離開了三、四個月，但譚淵不是邋遢的人，況且還有譚星不時收拾，屋裡並不亂。

蘇如意在院子裡看了一圈，比劃著。「咱們買一個比這個大一倍的院子吧，不要三進的，太多房間，不好打理。這樣的院子，大概要多少錢？」

只有兩人住，加上以後的孩子，最多加上周氏和譚星，十幾間屋子足夠了。

「若地段和房子好些的，怕是要百兩。」

蘇如意對房子還是有些要求，以後可是要窩在家裡做手工，前世她的房子也是很精緻溫馨的。

「這可是我們自己的家，要住很久的，一次弄好，省得以後再倒騰。對了，我還想盤個火炕，那廚房就得在我們臥房旁邊了。以後冬天燒火炕，被窩就是暖的了。」

蘇如意說著說著，找紙筆畫起來。

譚淵帶著笑意看她興致勃勃地規劃，也被她說得期待起來。

等譚威來後，將東西搬進屋裡，拿出回門禮，坐驢車去了翟府。

「還需要驢車，到時候院子要大一些。」譚淵補充一條。不說往來兩間店鋪，裝修院子時便會用上。

將他們送到翟府後，譚威就趕車回村去了。

管家讓家丁把東西搬進去，面帶笑意。「表小姐和姑爺快進去吧，夫人和少爺一早就等著了。」

果然，寒暄過後，袁氏關心起房子的事來。「你們不能總是租房吧？若是錢不夠，就跟小姨說。」

蘇如意不好意思了。「您前後給了那麼多，足夠了。」

袁氏得知他們已經打算買了，這才作罷，留兩人吃午飯，才放人回去。

紅袖閣和萬寶肆的生意穩定下來，蘇如意也不急著做新品了，一心一意開始找房子。夫妻倆直接去見了幾個房牙子，看過房後，訂了位在紅袖閣後面胡同的院子。

與蘇如意想要的一樣，是一處很寬敞開闊的院子。房子也算半新，一共十三間，院子西南角還有棵茁壯的柿子樹。

蘇如意很滿意，講了價後，因為地段和房子都好，以一百一十兩的銀子買下。

蘇如意按照房子大小，訂製了所有家什。譚淵負責盯著人重新裝修，還在寬大的院子西側蓋了個馬廄。

折騰兩個月後，新居終於完工。兩人只告訴了六子跟譚星，打算悄悄搬完後，再請大家來吃喬遷宴。

因為東西少，六子趕著驢車，只跑了三趟就全搬過去。譚星幫忙收拾，她經常來，但還是覺得這房子好漂亮。

蘇如意佈置得十分用心，很多東西都是自己親手做的，溫馨齊全卻又不會繁雜，也用進貨價從萬寶肆和紅袖閣買回不少家用物。

新家留了周氏和譚星的房間，譚星喜歡得不得了，恨不得趕緊搬來住。

蘇如意要請翟家和譚家的人來吃喬遷宴。至於七娘她們，過兩天再單獨請，否則怕她們不自在。

之前夫妻倆讓譚星向周氏提一句，說已經在找房了，但周氏沒想到會這麼快，還欠著債呢，這就買了？

這天，一家人坐著驢車來了，還拿了些肉和雞蛋。

此時已經入夏，大樹枝葉茂盛，在院中投下一片濃蔭。

蘇如意在院中擺了桌子，親自下廚做了一桌子菜。兩家人加起來，不過十個人罷了，不算太費事。

她和譚星還在張羅著，周氏等人隨著譚淵先到了，一行人在門口下車，看著高大的朱紅色大門。

「你們買的是這間？」之前租的院子，周氏都覺得已經夠好了。

譚淵應了聲，上前拍門環。

屋裡傳來譚星歡快的聲音。「你們來啦。」

院門一打開，飯香味就從院子裡飄出來，蘇如意穿著圍裙招呼道：「娘，先讓譚淵帶你們轉轉，我騰不開手。」

周氏心不在焉地點點頭，一雙眼睛早就不夠用了。

這院子真好看啊，不僅寬敞，還有馬有樹，樹旁有一圈小花壇，裡頭種的花已經開了。地上還鋪了青磚，平整乾淨。

「老二啊，這房子是花多少錢買的？」

譚淵低聲道：「等會兒您可別當眾提起錢的事，這是縣令夫人給的銀子，免得她以為您不高興。」

周氏忙點頭。「縣令夫人真是大方。」既然是人家出的錢，那當然是他們占了便宜，她有什麼不高興的。

一群人先去看了主屋，房間佈置得又漂亮、又乾淨，好多小玩意兒都是他們沒見過的。

周氏看著，有些羨慕，更別說齊芳了，連小石頭都鬧著房子好漂亮，想住進來。

譚淵沒理會齊芳是不是酸言酸語，領著周氏去她的房間。

周氏得知有幫她準備房間，開心起來，興致勃勃去看了。

周氏的房間當然也是蘇如意親自佈置的，不管家什還是床鋪，都是新的，雖不像她的房間裡有那麼多小玩意兒裝飾，但很符合她的年紀，看著大器舒適。

她活了半輩子，沒住過這麼好的房子，喜歡得很，恨不得直接住下。

看過後，周氏進廚房跟蘇如意說話，言語間很是滿意。蘇如意便放下了心，她可不想被指責鋪張浪費。

沒過多久，袁氏帶著翟凌雲來了。翟勤公務繁忙，並未過來，也擔心他來會讓譚家人不自在。

袁氏離得近，看過後總算覺得外甥女不委屈了。這房子是小了一點，但一看就舒適。

「夫人。」周氏見過盛氣凌人的袁氏，在她面前很是拘謹。

比起上回，袁氏溫和許多。「親家快坐吧。以後都是一家人了，不必這麼客套。」

眾人才在院中坐下，周氏很恭敬地道謝。「您太照顧他們了，都不知道該怎麼謝您。」

袁氏笑道：「這是我的外甥女和外甥女婿，我不照顧他們，又能照顧誰？要不是他們喜歡，我還覺得這房子太小了呢。」

周氏暗暗咋舌，一百多兩的房子還嫌小，這位縣令夫人是真的捨得為蘇如意花錢，暗暗決定，以後一定要對蘇如意更好些。

吃過飯，袁氏就帶著翟凌雲回去了。周氏離得遠，肯定是要歇歇的，便去了自己的房間睡午覺。

這麼多房間，蘇如意也佈置了兩間客房，讓大房在那裡休息。

就算是客房，依然舒適得很。齊芳看看這裡，摸摸那裡，一雙眼都快紅了。

「要是咱們也能搬進來就好了。就算分家了，也只是分開算帳，還是能住在一起，要不要跟娘說說？」

譚威躺在床上。「妳覺得二弟和弟妹會願意？人家連星星的房間都準備了，為什麼沒有大房的？現在知道沾人家的光了，以前怎麼勸妳都不聽。」

「我也沒幹什麼啊。」齊芳撇嘴。「誰發達了，就該拉扯自家人一把。就算不顧及我，你可是他大哥。」

譚威嘆了口氣。「妳要是有這個心，以後好好跟弟妹相處。只要弟妹不受委屈，二弟是懶得跟妳計較的。妳和弟妹處得好，以後有的是好處。瞧著吧，人家的好日子在後頭呢。」

聽他這麼一說，齊芳也有些後悔了。之前覺得二房會賺錢，想多分一點，口角多了，自然互相看不順眼，關係也就越來越僵。

「我知道了。」

蘇如意不知道齊芳想跟她修好關係，即便知道了，也不會當一回事。光是因為齊勇，她就不可能跟齊芳親近，若齊芳安分些，兩人還能維持表面的和平。

第四十章

第三天，蘇如意請紅袖閣的人和六子來吃一頓，發現殷七娘的神色好像有些不對勁。吃過飯，其他繡娘先回去了，她拉著殷七娘問：「怎麼了？難道是鋪子有什麼事？」

殷七娘扯了扯唇角。「沒有，鋪子好得很。天氣好，逛街的人多了，咱們紅袖閣在姑娘們中越來越出名了。」

「那是為了什麼事？妳不太對勁。」

殷七娘嘆口氣。「我本來想，這輩子就這樣挺好的，從未想過成家。」

蘇如意眼睛一亮。「妳有喜歡的人了？」

殷七娘靠在坐榻上，手裡抱著抱枕。「也不能這麼說。前幾天，吳泰說他想娶我。」

蘇如意呆住。「啊？」

「妳也覺得離譜是不是？」殷七娘頭疼地揉了揉眉心。「他怎麼會喜歡我呢？我完全不知道。」

蘇如意納悶。「他不是在妳那裡待了好幾年嗎？為什麼現在突然向妳坦白了？」

殷七娘無奈。「我在鋪子裡拋頭露面，有幾個男客老愛湊上來。他們不知道我身分，吳泰還不清楚嗎？」

蘇如意了然地點點頭，笑道：「吳泰一看就是少言內斂的人，要不是受了刺激，不知要守到什麼時候才會開口。」

殷七娘挑眉。「難道妳也看出來了？」

「他平時冷著一張臉，一點表情都沒有，我怎麼看得出來？但他要是挑明了，就還是有跡可循的。」

「妳想想。」蘇如意道：「他那個塊頭和身手，怎麼會安安分分當這麼多年的保鑣？」

殷七娘沈默了。她雖看著樂觀大方，但一個姑娘家，怎麼可能真的不在意自己的身分？

蘇如意看出她面上閃過的失落。「吳泰又不是不知道妳這些年的經歷，既然他都開口了，肯定是不在乎的，那妳也不用自尋煩惱，只需要考慮一件事，就是喜不喜歡他，能不能跟他一起過日子。」

這兩天，殷七娘的頭都大了。

「他是個好人，那我更不應該拖累他。現在他喜歡我，但等我人老珠黃了呢？他不喜歡我了，這身分就成了他嫌棄我的理由，男人們大多如此。」

蘇如意聽出一點意思。「所以，妳不討厭他？」

殷七娘輕嘆口氣，手托著腮，羨慕地看著蘇如意。

「這些年來，說喜歡我的人不少，但沒幾個是真心的，不過是想跟我睡覺，要他們娶我，一個比一個跑得快。若能碰到像譚淵這樣用情專一的，我也願意不顧一切試一回。」

「譚淵又不是什麼稀有品種，怎麼就沒有像他一樣專一的人了？」

現在蘇如意把殷七娘當朋友，自然不希望她孤獨終老。若她真的打定主意不嫁人，也沒關係，但聽她言語之間，分明是渴望的。

殷七娘見過太多男人了，她知道吳泰不是那樣的人，可一開始真心，後來變了的人，也比比皆是，便起了身。

「妳忙了一上午，歇著吧，我回去了。」

蘇如意沒再多說，殷七娘不是鄭曉雲，人家比她聰明得多，她只能勸幾句罷了。

殷七娘不讓蘇如意送，結果剛出了門，就看見等在門口的吳泰。

吳泰身形高大結實，小麥色的皮膚、端正的五官，很有男子氣概。但殷七娘以前從未多看他一眼，自然也沒別的感覺。

可現在……

她抿了抿唇。「你怎麼沒走？」

吳泰是個直性子，沒說歸沒說，既然說了，就不再扭扭捏捏。

「妳最近很不高興。」

殷七娘在前頭慢慢走，吳泰錯開一步跟著她。

「沒有。」

吳泰知道她是為了什麼。「妳不願意沒關係，我繼續當妳的保鑣，守著妳一輩子。」

殷七娘頓住腳，驚訝地看向他。「胡說什麼？好好一個人，幹麼蹉跎自己？」

吳泰緊盯著她。「這叫什麼蹉跎？妳不是也打算一個人過下去？」

「我那是因為……」殷七娘惱怒地看著他。「你跟我不一樣。」

「哪裡不一樣？」吳泰道：「妳覺得我是好好的人，卻覺得自己不是。就因為妳接過客，便拒絕我。」

殷七娘沒想到他說得如此直白，臉色一僵。「你閉嘴！」

吳泰怎麼會閉嘴。他很清楚，有些話不說開，她就永遠放不下。

「七娘。」吳泰放輕了聲音。「我們不是第一天認識了，妳了解我，我也了解妳。有些事情，不需要妳提醒我。」

殷七娘沈著臉，快步往紅袖閣走，不想再跟他說了。

紅袖閣樓上有隔間，殷七娘剛進去，吳泰跟著擠進來，轉身將門關上。

「你想幹什麼？」殷七娘冷著臉。「那天我說得很清楚了，我打算一個人過一輩子，更不想生孩子，讓我的孩子日後被人指指點點，說他娘是個……」

「如果我是為了孩子，娶誰都一樣。」吳泰看她倔強地別過臉，一陣心疼。「我也說了，這輩子要麼娶妳，要麼守著妳。」

「那你守著好了。」到時他遇到喜歡的人，自然就會想通了。

吳泰臉上並無失望之色，眼神反而比起平時柔和許多。「妳總念叨譚兄和譚夫人的感情如何如何，其實我又何嘗不羨慕呢？」

殷七娘頭疼了。「我們跟他們不一樣。」

「是不一樣。」吳泰自嘲一笑。「在妳看來，妳的過去限制了妳一輩子，枷鎖是藏在心裡的。譚兄呢？他的身體影響了他的生活、他的前途，可他從未覺得自己不該好好生活，或者配不上誰。」

他說著，又看向殷七娘。「他相信譚夫人，可妳卻不信我。」

殷七娘的心一揪，她自認看人也算有幾分準，一點也不覺得吳泰是油嘴滑舌又不可靠的男人。

但在感情之事，不能以好壞區分。哪怕是好人，也可能會厭惡、會拋棄自己的妻子。

她不知道該怎麼開口，甚至有些無法直視他的眼睛。

忽然間，一隻粗糙的大手撫上她的臉頰。

殷七娘一驚，抬頭看向吳泰。

吳泰聲音低沈。「妳知道嗎？其實我有想過花錢去找妳，在妳還接客的時候……」

殷七娘瞪大眼睛。「吳泰！」

吳泰苦笑。「妳看，我只是說說，妳就這麼生氣。當初我就是怕妳會這樣，才忍著沒有去。我明明喜愛妳，卻要擔心妳誤會我是為了妳的身子，一忍再忍。」

他攥緊了拳頭，垂下手。「原本我想著，就這麼守著妳一輩子也挺好的。可我看不得別的男人再靠近妳，我怕妳不知道我的心意，然後嫁給別人了。」

這麼多年，吳泰從未一次跟她說過這麼多話，對她如此開誠布公。

殷七娘看他一個高大的大男人，竟如此小心又委屈，心裡絲絲麻麻的，一股從未有過的衝動湧上腦海。

「罷了。」

殷七娘忽然長長嘆了口氣。「若你什麼時候倦了、膩了，我頂多是過回這樣的日子。我是為你好，又不是怕你。既然你不領情，那咱們就試試好了。」

吳泰呆滯了一下。「妳說什麼？」

殷七娘本就是個果斷俐落的人。一旦決定好的事，從不拖拖拉拉。

她揚起唇角一笑。「怎麼，你又不敢了？」

吳泰的胸口起伏幾下，看著她的眼神變得熱切。「七娘……」

「不過……」殷七娘還是十分冷靜。「我不跟你成親，頂多算是搭夥過日子。若日後你反悔，或是我不樂意了，也容易好聚好散。」

吳泰微微皺眉。「那要是過得好呢？妳覺得跟我在一起也不錯，會不會嫁給我？」

殷七娘看著他真摯的表情，相信他不是為了她的身子，最起碼不單是為了這個，確實是想娶她的。

她覺得眼前的人好像又好看了幾分，見他一本正經，抬手圈住他的脖子，輕聲道：「看你表現。」

吳泰呼吸一滯，喜歡歸喜歡，但他其實毫無經驗，面前是他默默放在心裡幾年的女人，以前甚至不敢表現出來。要不是被刺激，他可能現在還不敢開口。

他沒說話，但殷七娘看見了他滾動的喉結，感受到他緊繃的身軀。

這個人，真的很高大。有他在，她做什麼事都會很安心。

逗過了人家，殷七娘剛要收回手，吳泰卻猛的將她拉近，像餓鬼撲食似的，低頭噙住她柔軟的唇，毫無章法地親了起來。

他親得磕磕絆絆，殷七娘感覺嘴唇都要破了，但不知是她太久沒有感受這些，竟被他生澀的親熱激得有些情動。

被吳泰打橫抱起來時，她氣喘道：「我好幾年沒有過了……你輕些。」

吳泰眼神一暗。他已經快炸了。

過兩天，蘇如意得知殷七娘跟吳泰住在一起後，對殷七娘豎起了大拇指。

「虧妳在我面前為難成那個樣子，這麼快就從了？」

殷七娘一身水藍輕衫，眼波流轉，瞧著就滋潤。

「我覺得妳說得有道理，他這人哪兒都不錯，我有什麼可挑的？我還年輕呢，真要人老珠黃，被嫌棄了，再一個人過也不遲。」

蘇如意很贊同地點點頭。「人生在世，及時行樂。你情我願的事，哪有誰對不起誰。」

兩人正說著話呢，廂房的門被輕扣了兩下，殷七娘開口道：「進來。」

吳泰端著一盤香瓜。「剛切好的，譚夫人嚐嚐。」

蘇如意道了聲謝，不動聲色地打量吳泰兩眼。人嘛，沒怎麼變，但以前他都穿著黑漆漆的衣裳，這會兒換了一身米色長袍，竟襯得人都柔和了幾分。

殷七娘拈起一塊瓜，朝吳泰伸了過去。

吳泰的臉色頓時僵了下，還緊張兮兮地朝蘇如意看一眼，又實在捨不得拒絕，張口吃了下去，接著關門落荒而逃，讓殷七娘笑得樂不可支。

蘇如意驚奇不已，沒想到兩人是這樣相處的。

「妳怎麼跟調戲良家婦男似的？」

殷七娘的嘴角一直掛著笑。「怎麼啦？之前妳和譚大哥在我面前怎麼惹我眼紅的，還不許我還回去。」

蘇如意笑著吃了一塊瓜。「我就是沒想到，吳泰居然這麼……」

「這麼純情是不是？」殷七娘道：「我也沒想到。我原以為，我們倆在一塊兒會很沈悶呢，沒想到木頭似的人，相處起來也別有一番樂趣。」

蘇如意替殷七娘高興。殷七娘向來嘻嘻哈哈，但她現在顯然比以前更明媚了，成熟的女人做事就是痛快。

她不由又想起六子和鄭曉雲。過年的時候，六子就展開追求了，拖拖拉拉的，都快半年了，還在那裡蘑菇呢。

殷七娘比她懂這些，現在鄭曉雲又住在她這裡，蘇如意問了句。「妳看，六子和曉雲有戲嗎？」

「有啊。」殷七娘道：「曉雲就是個沒見過世面的小丫頭，身邊又沒有別的男人。六子那麼殷勤，拿下她還不是遲早的事？」

「那六子怎麼拖了這麼久？」

「年輕的小倆口，矜持點正常，享受一下曖昧。妳以為是我跟吳泰呢，上午答應了，下午就能睡一起？」

蘇如意險些被香瓜嗆著。好吧，其實她跟譚淵也拖了很久呢。

晚上回去，蘇如意迫不及待地跟譚淵說起殷七娘跟吳泰的事。

「真好啊，我又相信愛情了。」

譚淵親她一口。「妳用得著相信別人？咱們倆之間不是愛情？」

蘇如意摟著他的脖子。「當然是了，所以七娘之前可羨慕我們了。」

譚淵笑了聲。「再過半個月，就是娘的生辰。妳送的東西總是合她的心意，記得挑一份壽禮。」

「好，我知道了。」

周成離開了青陽縣幾個月，獨自回來了。

他住在青陽縣外的客棧，整個人瘦了一大圈。不僅如此，他的面色發黃，臉上有些奇怪的斑點，神情陰沈。

他是提前回來的。原本他跟蔡月柏一起去做生意，孰料半路上身體忽然不舒服，蔡月柏的隊伍又耽擱不得，便讓他先停下來休養看病，好了就回青陽縣。

結果，老天給了他一道晴天霹靂——他竟然染上了花柳病！定是他剛出獄那半個月，日日待在勾欄院時染上的。

他找了很多郎中，都治不了，很是絕望。絕望過後，是漸漸生出的恨意和報復心。要不是譚淵和蘇如意，他和父親不會被趕出繞山村，還下了獄。他們的家產不會被沒收，他也不會在出獄後自暴自棄，染上這種病。

他坐在客棧中，眼神漸漸變得凶狠。既然他好不了了，還需要顧忌什麼？死之前，他要出一口氣。那些人，誰也別想討到好！

當然，他也可以肆無忌憚地占有那個可愛又可恨的女人了。

這天，譚威來送貨的時候，譚淵問過他周氏生辰的事。

周氏只打算一家人吃個飯，譚淵便沒張羅其他的，拿了二兩銀子交給譚威帶回去，需要什麼再找他。

至於壽禮，蘇如意摸清了周氏的脾性，周氏沒什麼特別喜好，只要東西看起來貴氣，她就喜歡。

蘇如意帶譚星出去轉悠了一天，決定送些實用的。

周氏屬羊，蘇如意便訂製一塊銅錢大小的實心金墜子，雕刻成羊的模樣，做成項鍊，花了二十兩。如果以後周氏有什麼需要用錢的地方，直接賣了都行。

這段時日，周成也沒閒著。他不知道縣衙派了人盯著，但他很謹慎，尤其是在他想做些什麼的時候。

他並未從官道進縣裡，而是不辭辛苦繞了遠路，從山中進來，然後開始他的計劃。

如此一來，不管是翟勤或譚淵都毫無所覺，捕快還在盯著蔡月柏的商隊幾時回來呢。

周成做了很多安排，他恨譚淵，對蘇如意是恨中又帶著濃濃得不到的不甘心和慾望。

除此之外，對整個繞山村，他都是怨恨的。

他恨這些人見風使舵，為了討好譚淵，沒有一個人為他們父子說話，又恨他們的不知好歹，打定主意，要讓這些人都替他陪葬。

這些年，他放在蔡月柏那裡的錢，賺了就繼續讓他用，身邊一直不缺錢，錢滾錢的，竟也積攢了不少。

除去原本的本錢二百兩，其餘三百兩，蔡月柏在他出獄的時候都給了他，他打算都用掉，二百兩就留給他還在牢中的爹。

這半個月，他的事情可沒少幹，還查了些消息。

他找人盯著蘇如意和譚淵，發現蘇如意從不落單，很難下手，除非買通她身邊的人，心裡默默有了主意。

第四十一章

這天，李氏去地裡除了草，趕在天熱前回來做飯。

她剛進屋摘下草帽，房門忽然被關了。

她嚇了一跳，見到門口有個蒙著臉的男人，臉色瞬間白了，語無倫次。「你……我們家沒錢！」

周成陰惻惻一笑。「我要搶，也不會找妳這樣的人家。老婆子，想知道妳兒子怎麼坐牢的嗎？」

李氏注意到他手裡握著的刀，不敢喊，顫抖著說：「因為他被一個女人迷住……」

「不，他是被人算計了。」周成在椅子上坐下。「告妳兒子的那個女人，叫殷七娘吧？據我所查，她雖然已經是良籍，但在今年之前，都一直在縣裡開妓院，好端端地怎麼會跑到鎮上住？又看上沒才沒錢的齊勇？」

李氏人笨，但也一直覺得這件事有些奇怪。「我兒子說她不乾淨，要嫁人也不好嫁。」

「她要是想嫁給妳兒子，直接賴上不就行了，為什麼要告他，非讓他坐牢不可？說起來，他們倆也沒什麼仇吧？」

李氏忘了害怕，出聲反問道：「為什麼？」

周成嘆口氣。「妳兒子是被人設計了。殷七娘故意勾引齊勇，然後下套捉住他的。」

李氏臉色一變。「她為什麼要害我兒子?!」

「因為妳兒子得罪人了。」周成冷聲道：「妳怕是不知道，殷七娘早就跟譚淵認識吧？譚淵還救過她的命。」

李氏更是震驚。「她現在跟蘇如意做生意。我問過，他們夫妻不知道這件事。」

周成道：「譚淵當捕快的時候就認識殷七娘，不可能不知道。他為什麼沒有幫妳兒子說情？事後為什麼又跟殷七娘走得如此之近，幫那群女人從良賺錢？你們真是蠢得可以。」

這些事情根本不難查，那案子才過去幾年，當時鬧得挺大，只是這些人過於蠢鈍，不知道查。

他查到後，前後一想，還有什麼不明白的。

李氏白著臉。「譚淵為什麼要這麼做？」

「因為妳兒子愛慕蘇如意，自然要收拾他。」

「什麼？」李氏嘴唇動了動，反駁的話到了嘴邊，又說不出口了。

她想起來，他們見過蘇如意後，兒子確實經常提起蘇如意，說譚淵一個廢人還那麼好命，娶到這麼漂亮的女人，早知道他也去買一個，還跑繞山村跑得勤快。

自己兒子，自己了解，就算李氏疼愛齊勇，也不得不說，他是個好色之人，不然也不會被一個女人輕易算計了。

她沈默一會兒，艱難開口道：「就算他見蘇如意長得好看，也沒做什麼，譚淵有必要這麼狠嗎？」

周成不知道下藥的事，但此刻巴不得李氏恨上兩人，自然要順著她說。

「譚淵就是這樣的人，成了親後，魂全被蘇如意勾去了，別人多看她兩眼都不高興。妳瞧瞧，他為了這個女人，連家都分了。」

李氏聽了，又想起齊芳的抱怨，說蘇如意就是個禍水，弄得全家不得安寧，譚淵也事事順著她，為了她疏遠大房不說，連他娘的話都不聽。

周成見李氏愣住，不想耽擱時間，道：「妳要是不信，可以去縣裡打聽，譚淵救了殷七娘的事，知道的人多的是。妳想想，就算殷七娘不清白，她長得那麼好看又有錢，哪怕是養小白臉也有人願意，真能瞧上妳兒子？」

李氏渾身發涼，此刻腦子裡已經是一團漿糊。「你到底是誰？怎麼會知道這些？」

「我當然知道，我是譚淵和蘇如意的仇人。只因為我多看了蘇如意幾眼，便被譚淵害得家破人亡。我查他的時候，順便查到了這些消息。」

周成一點也不怕暴露身分，只要事成就行，反正他也是快死的人了。

他繼續加了把火。「妳兒子完了，以前他只被判一年，可現在蘇如意突然變成縣令的外甥女，要是他知道妳兒子覬覦蘇如意，妳兒子還有好日子過？」

見時機差不多了，周成從袖中拿出一包藥。「過兩天就是妳親家的生辰，肯定會請妳去，到時候妳把這個放進飯菜裡，自然會有人收拾這對狗男女。」

李氏不敢接。「這是什麼？」

「迷藥罷了，妳若不放心，可以自己試試。我只是想給他們一個教訓，可不敢殺人。」周成起身，拍了拍衣服。「到時候，只要蘇如意不清白了，縣令肯定會怪罪譚淵，兩人便過不下去了，不管是妳兒子還是女兒，都不用再受她壓迫。妳好好想想吧。」

李氏手腳冰涼地坐在家裡，想起兒子憔悴淒慘的模樣，譚淵夫妻卻越來越富裕，渾濁的眼球死死地盯著那包藥……

譚淵和蘇如意提前一天回了繞山村，譚星則在好幾天前就回來了。

蘇如意除了自己的禮物，還帶了袁氏的那一份。周氏既然請了大房的親家，也不能不請蘇如意這邊的，儘管知道人家八成不會來，但意思到了就行。

袁氏不能沒有表示，不僅如此，她不想讓外甥女又回去忙活著伺候一家子吃飯，又派一個丫頭跟一個廚娘來幫忙張羅。

周氏沒想到自己只是過個生辰，竟能有人伺候，殷勤地讓丫頭和廚娘住譚星的屋子，譚星則跟她一起擠。

這天，中午吃過飯，家裡就忙活起來。

周氏心裡高興，拉著兩個兒媳和女兒打麻將，譚威則去接李氏了。

為了哄老人家高興，幾人有意讓著周氏。一來二去，周氏贏了不少，心情更好了。

李氏過來時，整個人看上去挺正常的。這幾天她去了趟縣裡，還真打聽出一些事，便知道那個蒙面人沒騙她。

但下藥這種事挺嚇人的，她為了兒子可以豁得出去，但不想讓女兒牽扯進來，根本沒告訴齊芳。

一家子人圍在主屋吃晚飯，李氏藉口去廚房倒水，趁廚娘燒火時，將藥下進最後要上的湯裡。

她嚐過一點點，就是能睡覺的藥，到時候推到那些害她的人身上就行了。

因為怕大房看見自己的禮物，蘇如意提前送給周氏，周氏更是喜歡她，還親自替她盛了碗湯。

至於袁氏派來的人，對縣令夫人來說是下人，但他們可不敢怠慢，每樣肉和菜都各準備了一份，請她們一起吃。

吃過飯，大家還在主屋說話，丫頭和廚娘剛將飯菜撤下去，藥效就發作了，一家子人迷迷糊糊地倒下。

在蘇如意和譚星接連倒下的時候，譚淵已經察覺到不對，猛的起身，腦中便一片發白，撲通摔在地上。

李氏也是一樣，反正不是要命的藥，她喝了，還能避免被懷疑。

一刻鐘後，守在外面的黑衣人聽見譚家沒動靜了，悄悄翻牆進去。跟蹤了好幾天，他早已知道誰是雇主要的人，替蘇如意套上布袋，扛起她，消失在夜色中。

不久後，黑衣人出現在繞山村西邊的西山上，把蘇如意放下。「人來了。」

周成蹲下來，解開袋子，在月色下看見蘇如意暈紅的睡臉，渴望開始叫囂。

不過，他不急，還有好戲讓她看呢，他要讓這個清高又可惡的女人，一點一點在他面前崩潰。

他揮了下手。「動手吧。」

黑衣人點頭，又往山下奔去。

與此同時，另外幾個方向，也有人行動了。他們各捉著一隻進深山裡逮住的狼崽子，一邊從山下往村裡走、一邊放血。

新鮮的血，血腥味很重，他們的動作有些急切，趕緊將狼的屍體扔在繞山村附近，便離開了，可不想被狼群圍攻。雖然幹這種事太缺德，但酬勞可是五十兩銀子，夠他們好吃好喝過十年的。

狼生性敏銳且記仇，若找不到人也就算了，只要被牠們嗅到氣味，必然會來報復。

第一聲狼叫傳到繞山村的時候，護衛們最先警覺起來。

夏天時，狼可不會下山啊，但聽聲音分明在近處，叫聲中透著危險的氣息。

鄭奇從床上跳起來，套了件衣裳就往外跑，拿起院中的獵刀衝出去，邊跑邊喊：「快起來！狼來了！」

因為是夏天，天色不算很暗，很多人還沒睡呢，紛紛驚慌地推門出來。

「怎麼回事？冬天都沒來，夏天怎麼下山了?!」

「別慌。護衛們集合，拿著傢伙跟我去村外看看。」鄭奇想了想，又拐彎往譚家走去。譚淵回來了，今天他倆還見了一面。

可走到門口，鄭奇就察覺到不對勁，譚家靜悄悄的，連盞油燈都沒點。這麼大的動靜，以譚淵的敏銳，不可能毫無所覺啊。

但他的驢車和馬還在院中，鄭奇疾步進了屋，一推門，就見屋子裡的人全東倒西歪，不省人事。

他心裡一驚，忙去推譚淵。「譚二，快醒醒！出了什麼事？」

譚淵晃了幾下，難受地皺了皺眉，但依然沒有醒來。

鄭奇隨手從桌上拿起茶水，朝著他的臉潑過去。

「咳咳。」譚淵被入口的茶水嗆了下，鄭奇忙使勁掐他的人中。

譚淵這才睜開眼，揉了揉太陽穴，暈倒時的記憶回籠，知道自己被下了迷藥，猛的起身，腦袋又暈了一下。

「怎麼回事?!」

「不知道啊，你們一家子都暈了。」

譚淵看了一圈，唯獨沒發現蘇如意，心裡一寒。「如意呢？」

「沒看見。」鄭奇心裡發急。「譚二，狼群好像要襲村！」

「什麼?!」譚淵深呼口氣，讓自己立刻冷靜下來，前後一想，心越發沈了。「先去見村長。」救蘇如意急，但也不能像無頭蒼蠅一樣。

譚淵看家裡的人一眼，判斷他們只是跟他一樣中了迷藥。出了院子，被風一吹，清醒了些，便翻身上馬。

「我先走一步！」

這時，各家各戶已經點起火把，大家穿戴整齊，有人驚慌，也有人準備要跑了。

「譚淵，你來了。」喬玉林正在調動護衛。「他們已經去村外查探了。」

譚淵沒來得及下馬，道：「村長，我家的驢車也拿去用，先用所有驢車將走不快的老人跟孩子盡快從去鎮上那條路送走，送到破廟那裡就行。有力氣的男人留在後面撤退，要是碰上狼也好抵擋。」

喬玉林點點頭，他本來就已經在安排了。「那你們呢？」

「我家的人被下了迷藥，麻煩村長派人將他們搬上馬車送出去。」

喬玉林沒來得及問發生了什麼事，譚淵已經一扯韁繩，朝村外疾馳。

一定是周成回來了！

譚淵心裡無比懊惱，明明縣衙那邊一直派人盯著蔡月柏和周成的動靜，為何完全沒有收到消息？

周成到底是如何下藥的？還是上次那個人幫了他？為何偏偏這麼巧，今天狼群會襲村？

他隱約覺得，這之間一定有什麼聯繫。

這些疑惑，在出村後得到了答案。

譚淵沈著臉，看著小狼的屍體和一地的血跡，死死握著拳。「該死！」

周成瘋了嗎?!他恨自己，覬覦如意，為什麼還要這麼喪心病狂地害死全村的人？出了這麼大的事，必然會查到周成身上，怎麼可能逃脫？他這是完全不給自己留後路！

狼聲越來越近，譚淵交代早來一步的幾個護衛。「將這幾匹狼崽子綁在一起，我扔到別處，希望能引開狼群，然後你們護送著大家離開村子。」

護衛們有點擔心。「那你呢？」

「騎馬跑得快，別耽擱了。」譚淵對蘇如意的蹤跡毫無線索，如果她是落入周成手中，應該暫時沒有生命危險，他無法置這裡的情況不理。

幾個護衛將搜尋來的四匹狼崽子用繩子綁起來，吊在馬屁股兩側，便下山了。

譚淵騎著馬，朝著不高也沒有狼叫聲的西山而去。

西山上，周成聽著漸漸清晰的狼叫聲，蹲下來，讓蘇如意靠在樹邊坐下，用帶來的水壺給她灌了幾口水。

「嗚嗚。」蘇如意的腦袋一片混沌，只覺得臉被捏得生疼，被迫睜開眼睛，一個蒙著面的人近在眼前，眼睛發紅，有些猙獰。

她嚇得驚呼一聲。「你是誰?!」

周成一點也不想隱瞞自己的身分。「才多久不見，就不認得我了？」說著話，手掌鬆了些，改用手指摸著她的臉頰。

蘇如意張大了眼。「周成?!你想幹什麼？我為什麼在這裡？」

周成的手指忽然壓住她的唇。「噓，妳聽聽是什麼聲音？」

蘇如意抬頭，這才聽見此起彼伏的狼叫聲，臉色煞白。「怎麼回事，為什麼會有狼？」

周成聲音中帶著快意。「當然會有，因為是我把狼群引到村裡的，不知道有幾個人能活下來。」

蘇如意渾身發涼。「你瘋了嗎？原本就是你對不起村子，為什麼要這麼做？你還有沒有人性?!」

「人性？」周成冷笑。「人性不就是人不為己，天誅地滅嗎？我要妳在這裡看著，看著繞山村被狼群吞噬。」

蘇如意顫抖著望向繞山村，其實從這裡根本看不清村裡到底是什麼情況，只能看見燃起的火把和漸近的狼叫聲。

「村民能逃出多少不知道，可譚家人是一定會喪生狼口的。」周成欣賞蘇如意滿臉的驚懼和慌張。「此時，他們應該還在昏迷呢。」

蘇如意瘋狂掙扎，眼睛漸漸紅起來。「放開我！你這個瘋子！」

譚淵，他怎麼樣了？

「別急。」周成抱住她，頭埋在她的肩上，深深吸了一口氣。「看完這齣好戲，我就帶妳離開青陽縣。我捨不得妳，最後的日子有妳陪著，足夠了，到時候咱們一起死好不好？」

「別碰我！」周成身上有一股惡臭，幾乎令她作嘔，看著他深陷的眼窩，蘇如意從心底生出恐懼。「救命！救命啊！」

可惜，這裡離村子太遠了，周成重新望向繞山村，完全不怕蘇如意的大喊大叫。

那些黑衣人將狼引來就離開了，他們的任務就兩個，就是綁人跟引狼。到時候，雇主會遠遠離開青陽縣，沒必要再牽扯在一起。

蘇如意喊累了，滿臉擔心地看著山下的繞山村，不明白周成為什麼生出這麼大的恨意。

她被綁著的手臂有些痠痛，試圖曉之以理。「譚淵說過，你是個很聰明的人，哪怕從頭開始也不會太差。你才二十多歲，還有大把時間，何必要做個亡命之徒？」

周成咬了咬牙，他本也這樣想過，雖然恨，卻不想把一輩子賠進去。

孰料老天爺不站在他這邊，不過放縱這麼一回，就倒楣地沾染上花柳病，哪裡還有大把時間？他什麼都沒了。

他不願告訴蘇如意他的狼狽，哪怕表明了身分，也不想將這張憔悴難看的臉露出來。

「妳跟我說這些沒用，狼群已經來了，難道妳以為我還能趕回去？」

蘇如意心裡一沈，眼淚不禁滑落。她來這裡快一年，在村子住了半年多，要說完全沒感情，是不可能的。

那可是二百多條人命啊，其中還有譚家人和譚淵。

她眼睛通紅地瞪著周成。「你會遭報應的。」

周成冷笑。「別說報應，就算是天譴，老子現在也不怕。」

蘇如意狠狠咬著牙。「要是譚淵死了，我哪怕一頭撞死，也不可能讓你得逞！」

之前譚淵總迂迴地暗示周成目的不單純，她竟從未往自己身上想過，周成好像也沒像齊勇那樣，對她表示過什麼。

周成哪裡會在乎她的威脅。他把人劫來，就是想跟她做一對亡命鴛鴦的。

第四十二章

此時，譚淵也帶著狼的屍體到了西山腳下。只要狼群被引到這邊，就離村子遠了，也有更多時間讓村民逃出去。

他下了馬，扔下狼屍，準備出村去找蘇如意。就算找不到，也得儘早去縣衙，讓翟勤盡快在周成逃走前搜捕。

他剛要走，忽然聽見樹林裡傳來窸窸窣窣的聲音，忙頓住腳，心也提了起來。

大半夜的，一向荒蕪的西山，怎麼會有人？

他將橫綁在馬腹處的枴杖拿下來，右手握著刀，慢慢往出聲處挪動。

只是，他還沒靠近，就聽見一聲低低的嘶鳴聲。

他忙上前查看，果然是一匹高大的黑馬，肯定不是村裡人的，那就是周成，或是他同夥的馬。

譚淵的呼吸驟然緊促，本以為他們達成目的後，定會儘早離開繞山村，甚至青陽縣，怎麼會出現在西山，是沒來得及走嗎？

他上前將馬的韁繩割斷，抬手拍馬屁股一下，馬兒便頭也不回地跑了。

譚淵幽深的眼神往並不陡的山上掃去，山上一定有人。不管蘇如意在不在上面，他都必須上去抓人，否則蘇如意的去向更是毫無線索。

他看看自己的馬，牠也不能留在這裡。萬一周成或他的同夥跑了，也能騎走牠。

譚淵只能多費些事，在不算陡峭但走起來依然有些吃力的山路上，騎馬前行。

另一邊，狼群分成了兩批。一共二十多匹狼，有五、六隻聞到了人的氣味，往繞山村去了；剩下的十五、六隻嚎叫著，朝西山而來。

周成聽著聽著，覺得有些不對勁，這狼叫聲……是不是太近了？而且聽起來越來越近。

蘇如意驚呼。「狼朝著這裡來了。」

周成臉色難看地罵了一聲，拽著綁住她手腕的繩子。「走！」

蘇如意顧不得害怕，道：「狼被引到這裡來了，那村裡一定沒事。」

「不可能。」周成厲聲道：「只是有些蠢狼四處發瘋，尋過來了而已。」

蘇如意不想命喪狼口，不需要周成使勁拽著，便快步跟著他往山下走。

只是，兩人剛走到半山腰，忽然聽見馬蹄聲，齊齊朝山下看去，隱約可以看見一匹馬往山上爬。

為讓馬兒不吃力，譚淵是趴在馬背上的，以免重心朝後。所以，周成與蘇如意並未看到馬上有人，昏暗中也分辨不出馬兒的顏色。
怎麼會有馬？周成疑惑，難道是他拴在山腳下的馬掙開韁繩跑上來了？逃跑正需要馬，當即拉著蘇如意迎上去。
走近一些後，蘇如意率先認出來，那分明是她家的馬！
她激動地吸了口氣，沒見到譚淵，她不敢輕舉妄動。
這時，趴在馬背上的譚淵也聽到了動靜，隱約可以看到前方的人影。是周成雇的人？若是一個，他還能捨命搏一搏，兩個是絕對沒有勝算的。
就在他猶豫不決的時候，前面忽然傳來了聲音。
「你慢點，繩子勒得我手疼。」
「手疼和丟命，哪個要緊？」
譚淵心一緊，是蘇如意。另一個聲音，毫無疑問就是周成！
雖說他的腿腳不俐落，但對付周成問題不大。棘手的是，蘇如意在他手裡。
不過，現在的狀況容不得他多考慮，兩人離他只有幾步之遙，狼叫聲也傳到了山腳下。
周成也發覺馬不是自己的了，剛停下腳步，一個身影忽然從馬上翻下。
「譚淵！」周成咬牙道：「你是怎麼找來的？」

譚淵一手拿著獵刀、一手抓著韁繩，微靠著馬腹支撐自己。「如意，妳沒事吧？」

蘇如意哽咽地搖搖頭。「娘呢？大家都還好吧？」

譚淵搖搖頭，表示無礙，看向裹得嚴嚴實實的周成，也不刺激他，只平靜道：「周成，你最恨的人是我。咱們倆打一場，贏了我隨你處置，輸了就放如意走。」

周成冷笑著看他的腿。「你以為現在還能打得過我？」

以前譚淵的身手比他好得多，可現在斷了腿，在這半山腰上，站都未必站得穩，還想跟他打？

譚淵把馬拴在旁邊的樹上，拿了一支枴杖。「試試。」

周成嗤之以鼻。「我為什麼要跟你打？蘇如意在我手上，你覺得我會聽你的？」

「怕是你不想聽也不行。」譚淵往山下看了一眼。「狼群已經過來了，你留在山下的馬也被我放走，若你不答應，我現在就扎死這匹馬，我們誰都別想走。要是你贏了我，我把馬給你，你帶如意走。」

周成臉色一變。「你放了我的馬?!」

「一匹黑馬，應該是你的吧？」譚淵心中雖急，但面上依然氣定神閒。「所以，現在這裡只有一匹馬。」

周成咬牙點頭。「好，我就遂你的願。能親手了結你，我死了也瞑目。」

「譚淵。」蘇如意滿臉擔心。離了枴杖，他站都站不穩，怎麼打？現在馬上騎馬離開，狼群也追不上。

「別怕。」譚淵安撫她。「要是我有個三長兩短，妳好好活下去。」

他在降低周成的戒心，卻也是真心話。

蘇如意急道：「周成已經瘋了，打算讓我跟他一起死。你快走吧，別跟他打。」

譚淵始終沒離開過馬兒旁邊。「狼要上來了。」

周成也心急，知道耽擱不得了。他確實活不久了，但不想死得這麼淒慘痛苦，而且死前必須得到蘇如意，他才能甘心。

他再次將蘇如意綁在樹上。「來！」

譚淵遠離了馬兒。他不可能殺馬，殺了馬，就真的誰也逃不了了。

他左手撐著枴杖，右手握住獵刀。

周成拿的卻是長劍，比他的獵刀長了一倍。

周成的病雖然好不了了，但得病的時日並不算久，身體沒完全垮下，收拾一個瘸子還不是手到擒來？

譚淵移動不便，見周成的劍刺過來，打起十二分精神開始抵擋。

饒是他的力氣和招式不輸周成，仍然抵擋得十分艱難，枴杖死死撐著地面。只要他踉蹌一下，頃刻就會沒命。

蘇如意聽著兵器的碰撞聲，一顆心提到了嗓子眼，指甲掐入手心，又不敢出聲，怕譚淵分神。而且狼叫聲越發近了，更讓人緊張不已。

周成不會功夫，但此時是雙手拿劍，可以使出全力。譚淵只能用單手拿刀，幾個回合下來，已經隱隱支撐不住。

周成自信地冷笑了聲。「譚淵，你的死期到了！」一邊說話、一邊加快進攻。

譚淵被劍震得虎口發麻，額頭冒汗，終於在周成的全力劈砍後，獵刀脫手，身形站立不穩，猛的摔倒在地。

「譚淵！」蘇如意連聲音都在顫。

周成得意地哈哈大笑。「譚淵，你也不過如此，還敢大言不慚地跟我比試？」

譚淵苦笑一聲。「你帶如意走吧。」夜色掩蓋，無人能看清他眼中的思緒。

「你在說什麼？」蘇如意用力地掙扎。「周成，你放開我！」

周成非常有成就感，譚淵終於敗在他手上，女人也成了他的。他抬起手，長劍就要朝譚淵刺下去。

「住手！」蘇如意哭著喊：「周成，你敢殺他？我死也不會跟你走的！我寧願讓狼吃了，也不會讓你得逞。」

周成陰沈一笑。「放心，我也捨不得他死得這麼輕鬆。」手起劍落，讓譚淵慘叫了聲。

「譚淵，你怎麼了？」蘇如意哭得不能自已，偏偏離得遠，根本看不清。

譚淵的右腿被刺穿了，血流如注，染紅了長袍。咬著牙，聲音有些顫抖。「看來上次沒讓我死在狼口下，你很不甘心。」

周成聽著狼叫聲越發近了，沒工夫再跟譚淵周旋。反正譚淵的兩條腿都不行了，想走也走不了。

他快步過去，將綁住蘇如意的繩子解開。「上馬。」

蘇如意不肯動。「譚淵怎麼樣了？讓我看看他。」

周成威脅道：「妳再耽擱，我立刻殺了他。」

「如意，上馬！」譚淵喘息著道。

蘇如意的眼淚止不住，她若跟周成走了，會不會就此與譚淵天人永隔？可她不敢不走，周成這個瘋子，真的會殺了她的。

蘇如意一腳踩著馬鐙，被周成用力一推，上了馬背，周成這才過去解綁在樹上的韁繩。

此時，他終於背對了譚淵。

譚淵摸到手邊的刀，朝黑影看了一眼，用盡全力扔出去。

獵刀。

蘇如意完全沒反應過來，就見周成忽然僵住，然後緩緩地撲倒在地，背後赫然插著一把

蘇如意愣了下，驚喜地看向譚淵。她怎麼忘了，譚淵的箭術可是非常好的。

她忙從馬上下來，因為手被綁著，還撲通摔了一跤。

譚淵忙道：「小心。」

蘇如意爬起來，奔向倚著樹坐下的譚淵。「他傷了你哪裡？你還好嗎？」

譚淵苦笑。「另一條腿也不能動了。我替妳鬆綁，妳趕緊騎著馬走。」

蘇如意轉過身，讓譚淵解開繩子，然後攙著他的胳膊。「快起來，咱們一起走。」

譚淵的腿如撕裂般疼，感覺力氣正一點一點流失。「我沒辦法上馬。妳聽話，快走。」

「我不走！」蘇如意哭著道：「你都贏了，為什麼我們不能一起活下去？你要是不走，我也不走。」

「再耽擱下去，誰都走不了。」譚淵抬手撫著她的臉，替她擦掉根本擦不完的淚。「跟著我這樣的廢人，有什麼好的？妳好好活下去。」

蘇如意一把拍掉他的手，將自己的外衫脫下，纏住他腿上的傷口，暫時止了血。

「要是我倆交換，我不信你會拋下我。要麼你跟我走，要麼我留下跟你一起死。」

她的聲音輕柔卻堅定，譚淵的心卻顫得無法抑制。

「而且，我不會騎馬。這樣的山路，你覺得我能安全出去？」

譚淵無比後悔之前沒有教她，深吸了口氣。「扶我起來。」

蘇如意忙去扶他，但他受傷的腿難以出力，疼得幾乎站不住。她心疼，卻毫無辦法，他們沒有時間了。

她讓譚淵先靠著樹，遞枴杖給他，再去解開韁繩，把馬拉過來。

「你先上去，我扶著你。」

譚淵艱難地踩上馬鐙，每一個動作都讓疼痛加劇一分，血也流得更多。

一隻腳踩上去後，他的手臂便可以出力，使勁一攀馬鞍，就上去了。

「來。」譚淵喘了口氣，朝蘇如意伸出手。

一番折騰，蘇如意也快沒力氣，但上個馬還可以，在譚淵前頭坐定，但狼群已經幾乎要圍過來了。

「怎麼辦？」蘇如意有些慌。就算有馬，也未必不會被狼咬住。

譚淵大汗淋漓，強行維持著神志，讓馬兒載著兩個人上山，再繞到後山下山，是不可能了，只能直接往山下衝，還有一線生機。

他一手攬著蘇如意、一手拽著韁繩，抽走周成手上的劍，駕的一聲，朝著山下衝去。

還未死去、正痛苦抽搐的周成，想張嘴說話，鮮血卻爭先恐後地從嘴裡湧出來，只能不甘又恐懼地等待著死亡。

果然，馬兒還沒跑幾步呢，迎面就撞上一頭衝上來的狼。

譚淵把轠繩遞給蘇如意。「抓著。」將周成的長劍拔出來。

那頭狼毫不猶豫地朝兩人撲過來，想要撕咬馬匹。

蘇如意嚇得尖叫，譚淵一劍刺去，乾脆俐落地收拾掉牠。

馬兒似乎也感覺到了危險，跑得更快。路上又碰到了幾匹狼，不是追不上，就是被譚淵刺死。

下山後，兩人才鬆了口氣，譚淵便因失血過多昏迷了。

蘇如意感覺他趴在她的背上，摟著她的手鬆開，整個人朝左邊歪去，忙轉過身抱住他。

「譚淵！」

蘇如意急了，解開腰帶將兩人綁在一起，騎馬下山。

蘇如意不敢回村，不知道村裡現在怎麼樣了，還有沒有狼，只能往村外趕。

其實她不會騎馬，但是挺喜歡坐的，待在縣裡的時候，經常讓譚淵帶著她騎馬出門。沒吃過豬肉，也見過豬跑，前面的路平坦多了，她小心翼翼地一扯轠繩，馬兒就開始走了。

她不敢太快，這馬兒訓練有素，也不會瞎跑。
從山下跑到大路上後，蘇如意在村外的破廟看見舉著火把的一大群人，不由驚喜。
「大家沒事？」
鄭奇迎上來，身上還有狼血。「出了什麼事？」
蘇如意解開腰帶。「岳郎中在不在？快點，譚淵受傷了。」
鄭奇一驚，忙招呼幾個人，一起將譚淵扶下來，抬進破廟。
岳郎中怕村裡有人受傷，跟家人躲到破廟時，有揹著藥箱，便趕緊幫譚淵治傷。
譚家人已經醒過來，除了周氏和譚星，其他女人都迴避了。
蘇如意靠著牆邊坐下，緩了口氣。
「表小姐，妳沒事吧？」翟府的丫頭白著臉過來伺候，要是蘇如意有個三長兩短，她們怎麼交差。
蘇如意搖搖頭，著急地看向譚淵。
岳郎中剪開譚淵的褲子，驚道：「怎麼是劍傷？」
「什麼？不是狼咬的？」村長和鄭奇等人圍上來看。
蘇如意出聲道：「是周成。」
「周成？」鄭奇眉頭一皺。「我問過譚二，他說周成已經離開青陽縣了。」

「應該是瞞過官府的眼線，又折回來。」蘇如意起身走到譚淵身邊，滿臉擔憂地看著他。「狼群也是他找人引來的。」

「狼群?!他怎麼引來的，為什麼要這麼做？」

蘇如意搖搖頭。「我聽著他話裡的意思，他好像活不久了，他恨整個繞山村的人，便僱人從後山捉來小狼，一路放血，再把屍體扔在村外，想讓狼群襲村。」

「這個畜生！」喬玉林氣得痛罵。「他人呢?!」

「當初是我與譚淵揭露他們父子的罪行，他自然最恨我們，便對我們家的人下了迷藥，捉走我，引譚淵過去。但是，他沒打過譚淵，還受了重傷，這會兒應該已經死了。」

大家久久不能言語。繞山村裡，就算有人自私、有人小器、有人喜歡搬弄是非，但誰也沒想過害人。他們無法想像，周成竟會這般狠毒，要害死這麼多人。

蘇如意見岳郎中已經包紮好，忙道：「岳叔，我夫君沒事吧？」

岳郎中拿出一片人參，放在譚淵的舌根下。「失血有些嚴重，必須馬上回去熬藥。」

喬玉林問鄭奇。「現在能回村嗎？」雖然有兩個護衛被抓傷，但剩下的幾匹狼都被解決掉了。

「應該沒事了，其他的狼都跑去西山了，不可能再繞回村子。」

喬玉林點點頭，讓大家收拾回村。

譚淵被小心翼翼地放在一輛驢車上，除了譚家人，還有幾個護衛和岳郎中護著，以免路上遇到危險。

護衛舉著火把，將譚淵的臉照得無比清楚。他的臉色蒼白如紙，要不是胸膛還有輕微的起伏，已然是個毫無生氣的人。

蘇如意覺得，今天她都快把一輩子的淚流乾了。

周氏和譚星也不停地吸鼻子，譚星擦了淚湊過來。「二嫂，妳沒事吧？有沒有受傷？」

蘇如意木然地搖搖頭。現在她一心只惦念著譚淵的安危，就算保住性命，他的右腿會不會保不住？

失去一條腿的譚淵可以豁達，可以重新振作，若兩條腿都廢了，那他就真是個都不能自理的人了。以他骨子裡的傲氣，會不會接受不了？

「早知道，當初就不該招惹周成。」齊芳這話不是在落井下石，是真的被嚇著，但此時沒什麼人想搭理她。

唯有蘇如意，她的思緒被齊芳的聲音拉了回來。

她在山上質問過周成，到底是怎麼向譚家人下藥的？他曾說了一句，自然有人幫他。

這個人是誰？

能讓他們全家人都中了迷藥，肯定只能在大家都吃的晚飯裡下手。但她做飯的時候，家裡沒有客人，而且廚房一直都有人在，那只有一個可能，是家裡的人下藥。

若是如此，嫌疑人不就只有一個？

丫鬟和廚娘是袁氏臨時調派給她的，就算想收買也來不及。除了經常找她麻煩的齊芳，還能是誰？

可蘇如意想不通，她們之間雖不和睦，卻沒有深仇大恨。而且，小石頭也被迷倒了呢。

蘇如意打量齊芳，沒看出什麼端倪，索性先不管。這是譚淵的專長，等他醒了再說。

第四十三章

村裡並未受到什麼影響，家裡也沒被破壞。蘇如意進房後便守著譚淵，讓廚娘去熬藥。

蘇如意握著譚淵的手，問岳郎中。「岳叔，他的腿能痊癒嗎？」

岳郎中知道她擔心什麼。「受傷的是大腿，應當不會影響走路，但還要看有沒有扎到什麼筋脈，得等他醒來後才知道。」

能做的，岳郎中都做了，只等藥熬好，讓譚淵喝下去就行，便揹起藥箱。

「我這把老骨頭熬不住，先回去了。等他喝了藥，氣息平穩便沒事。萬一發燒，趕緊來找我。」

蘇如意點頭道謝，給了診金，送他出門。

丫鬟端來一杯熱水。「表小姐，您受累了，先睡會兒吧，我守著表姑爺。」

蘇如意很疲倦，卻睡不著。「妳們把廚房收拾好，就休息吧，他不習慣別人伺候。」

周氏熬好藥端過來，但餵了幾次，都餵不進去。

蘇如意心裡發急，只能對周氏隱晦道：「娘，您也去睡吧，別再累著，我餵他就行。」

「妳一個人怎麼……」周氏話音未落，就見蘇如意白皙的耳朵有些發紅，會意過來。

「那行，煩勞妳了。」

蘇如意一手撐著譚淵的後頸、一手端著碗，自己先喝了一口，然後俯身餵進他的口中。雖然流了些出來，但也喝進了半碗多。

蘇如意怕譚淵發燒，不敢上床躺著，以免睡得太沈，沒注意道。儘管如此，她還是敵不過身體的疲倦和困意，連什麼時候睡著的都不知道。

不知過了多久，蘇如意猛的驚醒，身上的被子滑落。

「醒了？」譚淵的聲音有些沙啞，但精神恢復不少。

蘇如意驚喜道：「你醒了？」忙去探他的額頭，沒有燒起來。

「渴了。」

蘇如意忙倒了杯水餵他，譚淵一連喝了兩杯，才沖淡嘴裡的苦味。

「累了吧?上來睡。」

蘇如意轉身看外頭，天還黑著，便沒拒絕，吹了油燈爬進床裡側。

她已經不睏了，躺下來跟譚淵說話。「有沒有哪裡不舒服?需不需要叫岳郎中過來？」

譚淵一下一下地摸著她的長髮。「只是腿疼了些，其他無妨。」

「你嚇死我了。」蘇如意吸了吸鼻子。「你是怎麼找到西山的？」

「不是找過去的，我以為妳被他帶出村了。我是想把狼引到西山，才發現了他的馬。」譚淵一陣後怕。「他沒打妳吧？」

「沒有。可他說要我跟他一起死，他是不是坐牢坐到發瘋了？」

譚淵搖頭。「他正常得很。但他垂涎妳已久，明明捉到了卻要一起死，有些蹊蹺。」

「先不說他，他肯定活不成了。」蘇如意說了她對下藥之人的猜測，讓譚淵推斷。

「不會是大嫂。」譚淵斷言道。

「為什麼？」

「妳現在是什麼身分？縣令夫人的外甥女。」譚淵的聲音還有些虛弱，卻是清晰。「她是貪財，又自私了些，但讓她害人，她還沒那個膽子，而且對她也沒好處。」

「那會是誰，總不可能是娘和星星？大哥不至於做這種事，兩個下人也是臨時來的。」

譚淵眯了眯眼。「不是還有個人嗎？」

蘇如意反應過來。「李大娘？不會吧！」李氏給她的感覺一直是樸素老實的，而且李氏有什麼理由這樣做？

「妳可別忘了，齊勇是怎麼坐牢的。」

蘇如意的小手捉緊他的衣衫。「你是說，李大娘知道了？是周成告訴她的？」

「這點事，查起來不難。以前我就認識殷七娘，現在又一起做生意，她不知道齊勇對妳下過藥的事，自然覺得我們過分，才會被周成利用。」

起初譚淵沒注意到，但事後回想就會發現，這回李氏來家裡時極為安靜，除了跟周氏說幾句話，連小石頭都沒逗弄。

回想在西山的驚險，不僅是她，連譚淵都差點沒命，蘇如意氣惱道：「他們家裡怎麼沒一個明白人？」

譚淵有點頭疼，伸出手。「讓我抱抱妳。」

蘇如意立刻撐起手臂，怕壓到他的腿，只能用上半身靠著他，臉頰貼著他的胸膛。死裡逃生，她更深覺此刻的珍貴。

譚淵雙手緊緊抱著她，深深呼了口氣。「對不起。」

他說話的時候，胸膛一震一震的，蘇如意悶悶地問：「對不起什麼？」

「對不起妳許多。我不能幫妳分擔更多的家事，不能讓妳有個體面的夫君，甚至不能抱起妳。今天，還因為這條沒用的腿，差點……」

譚淵的唇忽然被柔軟的小手捂住，懷裡的小妻子不悅道：「你再說，我生氣了。」

他握住她的手，苦澀道：「我說的是實話。如意，妳可曾後悔過？」

「一點也不。」蘇如意沒有片刻遲疑。「要不是遇見了你，我來這個地方，一點意義都沒有。」

譚淵知道她不嫌棄他，甚至能與他同生共死，但心中的內疚怎麼都揮之不去。

蘇如意能理解他的自責，換成是她，也會有些自卑的。

不管她怎麼說，譚淵身體的殘缺都不會變，他仍會一次次想起這次的驚險。

蘇如意頓了下，忽然抬起頭往他的腿看去，心裡火熱起來。

她怎麼忘了……還有義肢這種東西！

前世她沒做過義肢，又覺得以這個時代的技術很難成功，所以一直沒往那方面想。

平時譚淵的行動麻利，但今天她才發覺左腿對譚淵有多重要，一旦遇到危險，這條斷腿就是致命之處。

也許，她可以從自己工具箱裡的材料著手，試著做做看！

第二天，喬玉林派人報了官，蘇如意也跟譚淵回了縣裡，找更好的郎中替他看傷。

翟勤立即派人去西山，然後就帶著袁氏來看他們。

袁氏更掛念蘇如意，聽說周成先劫走她的，院門一開，拉著蘇如意就上下打量起來。

「妳沒受傷吧？他對妳做了什麼？快讓小姨看看。」

蘇如意笑了笑。「我沒事，幸好譚淵及時趕到。」郎中已經來過，說這傷勢不會影響譚淵的另一條腿，因此心情很好。

袁氏細問，得知譚淵拚死護了她，最後一點因他殘缺的不滿也隨之消散，跟著蘇如意進去探望。

譚淵靠著被子坐在床上，正與翟勤說話，見袁氏進來，點頭有禮道：「煩勞夫人了。」

袁氏在床邊坐下，神色溫和。「還什麼夫人的，你可是我的外甥女婿。咱們都是一家人，以後叫我小姨，叫他姨夫。」

譚淵眼中閃過一絲詫異，看了蘇如意一眼，蘇如意對他使眼色。

譚淵微笑了下。「小姨。」

袁氏應了，關心了他的傷勢，又問起昨天的事。原本她是從不干涉這些案子的，但誰叫威脅到她的外甥女了呢。

剛才譚淵正在與翟勤談這件事，便繼續說了自己的猜測。「除了李氏，我想不出會是誰幹的。」

「但周成已經死了，死無對證。」翟勤沈吟。這種事，周成肯定不會再告訴第二個人。

「可他抓了我呀。」蘇如意道：「我就說周成告訴我的，騙騙她也是行的。」

袁氏第一個贊成。「必須把這個人抓出來，不然不知道以後還會暗中怎麼害如意呢。」

為了有正當的理由，翟勤會讓捕快把當天在譚家的所有人都請來。他們都被下了藥，但也都是嫌疑人。

袁氏四處看了看。「譚家其他人都沒來？」譚淵受傷，難道就讓蘇如意一個人照顧？

蘇如意忙搖頭。「娘和大哥都來了。娘去店鋪買點東西，大哥跟郎中去拿藥了。」

袁氏這才點點頭。「有什麼需要就找小姨。這回雖然驚險，但那個禍害沒命了，以後不用總是提心吊膽的。」

蘇如意道：「您放心吧，這回我們真沒什麼仇家了。」

送走袁氏後，周氏跟譚威才回來，譚威會小住些時候，方便照顧譚淵。

譚淵吃了藥後，睡了一會兒。

蘇如意趁他睡著的時候，悄悄掀開他的薄被。

譚淵仰躺著，兩條腿筆直地併在一起，更方便測量。

她拿出工具箱裡的軟尺，從左腿的斷處拉到右腿的腳跟，量好後，又掀開他穿的白色短褲。平時他都不讓她看，所以也不知道斷處是什麼樣的。

其實他的斷處並不可怕，蘇如意心悅他，更不會反感。現在那裡已經長好了，只能看見皮肉而已；斷面比較平，畢竟是他自己砍斷的。

蘇如意看完，不動聲色地幫他蓋好被子，到另一邊的書案上琢磨去了。

她沒做過義肢，但前世的同行做過。

那位同行的媽媽在工廠幹活，操作機器失誤，沒了右臂。但她家家境並不好，保住命後，她媽媽不願花幾萬元買義肢，她便自己研究，做了一個，也因為這支影片爆紅。

蘇如意看過影片，所以知道大致材料和步驟。最主要的就是套著斷處的托，石膏和樹脂都可以，但石膏的柔軟和耐用都是不如樹脂的。

就是這麼巧，這兩樣材料，她的工具箱都有。她用石膏做過模具，用樹脂做過吊飾。她驚喜地拿出來，雖然數量都很少，但她可以融掉，重新塑形。只要她用掉一點，工具箱就會再生一點。

至於代替小腿的支撐物，用鋁板或金屬最好。可這個她融不了，便只能退而求其次，找最堅硬的木頭代替。雖然磨損得可能快一點，但材料好找，替換工序也不難。慶幸的是，他的膝蓋還在，並不需要做可供彎曲的構造。

等譚淵醒來，或者有其他人在的時候，蘇如意就把材料收起來。她想得很美好，但到底行不行還不知道，何必讓人空歡喜。

下午，所有嫌疑人都到了，蘇如意讓六子留在家裡照顧譚淵，去了縣衙。

周氏聽說翟勤懷疑是家裡人下藥，有些不滿。「大人怎能這麼說？我們都是一家人，怎麼會害如意啊？我兒子的命還差點搭進去呢。」

蘇如意適時地開口。「大人，我知道是誰。」
翟勤一派威嚴。「是誰？妳有何證據？」
蘇如意的目光掃過站在周氏旁邊的李氏，大家也順著她的眼神看過來。
李氏還未說話，齊芳就急了。「妳這是什麼意思，難道懷疑我娘？她為何要這麼做？」
蘇如意道：「當然是周成告訴我的。」
李氏的身子抖了抖。事情鬧得那麼大，狼群差點毀了繞山村，她就已經後怕了。到底只是個沒什麼見識的老太太而已，一時衝動，哪有多大的膽子。
「胡說八道。」自己的娘一向老實，齊芳很自然地替她說話。「那時我娘也被下藥，家裡還有我跟小石頭，怎麼會害我們？蘇如意，我們之間是不合，但妳不能卑鄙地誣陷人。」
蘇如意信誓旦旦。「當然有證據，是我在周成身上搜出來的。他給了妳娘五十兩銀子，李大娘還在字據上按了手印。」
她說著，真從袖中拿出一張紙來，要交給翟勤。
李氏心裡一慌，她沒收錢，更沒立字據。但手印都長得差不多，誰能說得清楚？翟勤還是蘇如意的姨夫，肯定向著蘇如意。
「妳胡說，他沒給我錢！」
蘇如意一副果然如此的表情，絲毫不給李氏反應的時間，繼續逼問。「他沒給妳錢，那妳為什麼要害我？」

李氏又氣又急。「還不是因為你們害了我兒子。」

翟勤一拍驚堂木。「大膽李氏！」

李氏腿一軟，撲通跪下。「我……我不知道會變成這樣，也不知道狼群的事。」

其他人全驚呆了，齊芳更是衝過來扶著李氏的肩，難以置信。「娘，您在胡說什麼？」

李氏的臉白了又白，但話已經脫口而出，收回去也不可能有人信。

反正她一把老骨頭了，這會兒反而不用再提心吊膽。「沒錯，是我下的藥。」

翟勤詳細問了，李氏將周成找她和如何下藥的事全招出來，已然認命。

「這些我都認，但我女兒什麼也不知道，你們不要牽連到她身上。」

齊芳既心痛於母親的糊塗，又要問清楚弟弟的事。「蘇如意，我弟弟真是你們陷害的嗎？難怪妳跟殷七娘一起開店，原來是早就認識了。」

如今她和譚淵不住在村裡，感情又堅定，蘇如意相信，以她的身分和還算可以的身價，譚家不會因為這件事對她如何。

她冷冷看著李氏，為了李氏教出來的好兒子，更為了昨天李氏差點害死她和譚淵生氣。

「妳兒子是什麼東西，妳不清楚？小石頭玩風箏受傷那幾日，是他慫恿妳來探望的吧？當天，他就在我的茶碗裡下了藥，若不是我及時察覺去找星星，怕是早就被他玷污。

「妳們母女有什麼資格來質問我？真不愧是一家子，兒子先下藥，當娘的緊隨其後，簡直是上梁不正下梁歪！」

「什麼?!」除了譚淵，譚家人都不知道這件事。

譚星驚愕地張大嘴巴。「原來二嫂是被下藥了？我說為何那麼奇怪，妳的臉又紅又燙，都神志不清了。要不是妳叫我綁著妳，都要把自己的衣裳扯了。」

她一說，大家也想起有這麼一回事，但當時譚淵只說她是生病發燒。

「真是齊勇幹的？」周氏看向蘇如意。「妳怎麼不跟我們說啊？」

「怎麼說？我們沒有證據，何況譚淵當時怕我名聲有損。」蘇如意道：「但岳郎中可以作證。那天上午，只有李氏和齊勇來過家裡，總不會那次也是李氏下的藥吧？」

李氏身子一晃，再也堅持不住，跌坐在地。若說她之前還覺得替兒子報了仇，但事情要真是蘇如意說的那樣，那就是兒子害人在先呀。

「不可能！」李氏在大堂上哭得死去活來。

蘇如意向翟勤跪下。「民女求大人重查此案，再審齊勇。」

翟勤點頭。「這件案子，本官會再查的。」

第四十四章

李氏雖然沒有招來狼群，但也算從犯，任由齊芳怎麼哭訴求情，翟勤都不會對害了蘇如意的人手軟。

最後，李氏被判了兩年刑期。派去西山的捕快沒找到周成的屍首，只見大灘血跡，八成是被狼吃了。

譚家人去了蘇如意家中，齊芳還在向蘇如意求情。

「弟妹，以前我多有得罪，妳怎麼打我罵我都行，求妳看在我娘是被蒙蔽的分上，讓縣令大人從輕發落吧。她年紀那麼大了，受不住牢獄之苦啊。」

蘇如意看向周氏。「娘說呢？」

因為小石頭，周氏對齊芳一向不錯，有些小動作也是睜隻眼、閉隻眼。但這回的事，可不是以往那種小打小鬧。

「妳弟弟差點害了如意，妳娘更是險些讓我兒子喪命，若不是有小石頭在，我們早把妳攆出譚家了。還想從寬？別說如意不肯，就是我也不會答應。」

齊芳哭倒在地，又哀求地看向譚威。

譚威不耐地撇過頭，他早說齊勇不是好東西，她還多次維護。這回真是自找的，活該。不過，齊芳始終是他兒子的娘，譚威見不得她繼續出醜，拽著她回房間教訓了。

周氏這才看向譚淵。「別人就算了，這麼大的事，你也瞞著娘？」

譚淵無奈道：「當時如意在家的處境不好，兒子不想橫生枝節。反正藥是我解的，沒必要聲張。」

周氏想想，當時蘇如意剛到家裡不久，確實不怎麼受待見，只能嘆了口氣。

「沒事就好。真沒想到，他們家都是這種人，要不是心疼小石頭，一定讓老大休了齊芳。如意，妳不怨娘吧？」

「不會，只是以後沒辦法跟她多走動了。」

如果齊芳是共犯，蘇如意說什麼都不會原諒她。但齊芳畢竟也被蒙在鼓裡，蘇如意怎麼可能去強迫人家母子分離。

下午，除了譚星，周氏跟大房回村了，要不待在一起也是尷尬。

最忌憚的周成死了，蘇如意一心惦記著做義肢。

但是，用石膏翻模傷口的形狀，肯定需要譚淵配合。

她不知道怎麼解釋，更不知道怎麼解釋石膏跟樹脂，一時有些頭疼，只能一點一點地先攢材料了。

休養七、八天後，譚淵已經可以活動自如，發現外間有兩個奇怪的木桶。

他好奇地打開蓋子。其中一桶，好像是……泥巴？另一桶黃橙橙的，卻清澈無比，看起來像是油。

等蘇如意進來後，他問道：「那兩個桶裡是什麼？」

蘇如意嘴角一僵。「沒什麼，我做手工要用的材料。」

譚淵便沒再多問，蘇如意乘機湊過去看了看他的腿。「你知道那是做什麼的嗎？」

「不知。」

蘇如意抿唇，有些為難道：「你肯不肯……讓我看看你的左腿？」

譚淵的臉色果然變了一下。「怎麼了？」

「左邊那桶裡的東西，可以做模具，可以把任何東西的形狀做出來。」

譚淵很疑惑。「那跟我的左腿有什麼關係？」

蘇如意信口胡謅。「我想做出你的傷口形狀，等今年冬天幫你做禦寒的衣物時，可以更貼身些。」

譚淵不太願意。「像去年那樣，就挺好的。」他自己都厭惡去看的地方，更不想讓蘇如意看到了。

蘇如意癟嘴，委屈巴巴地看著他，眼裡彷彿有了水光。

「譚淵，你是不是還不相信我？」

譚淵可看不得她這副樣子，忙將人拉進懷裡，柔聲道：「這是什麼話，就為這點事不高興了？」

蘇如意哼了聲。「夫妻本就該坦誠，咱們都是同生共死過的人了，你還對我遮遮掩掩，分明是不相信我，覺得我會嫌棄你，太侮辱人。」說著就要從他懷裡掙脫出來。

譚淵傻了，他怎麼就侮辱人了？只能無奈地按住懷裡的小妻子，頓了頓，輕聲道：「很難看。」

蘇如意心裡一痛，鬧不下去了，雙手圈著他的脖子，腦袋靠在他肩膀上。

「其實，我趁你睡覺的時候悄悄看過了，一點也不醜，也不嚇人。」

譚淵一愣。「妳……」

「你這木頭。」蘇如意嘟嘴。「如果是我這樣，你會害怕嗎？你會嫌棄嗎？我也是一樣的。你這樣，分明就是不信我。」

譚淵呼吸急促，低頭用力地吻了上去。

沒一會兒，他們滾到了床上。這些日子在養傷，兩人都克制著呢。

譚淵抱著她親了一會兒，深呼口氣，聲音嘶啞道：「幫我脫。」

蘇如意詫異。她從未真正看過他的裸身，這下豈不是要看到他的腿？她的臉紅不得了，卻又明白，譚淵好不容易才願意對自己敞開胸懷，要是她拒絕了，那他會怎麼想？

她懷著激動的心，手顫抖著解他的衣衫，只剩一條短褲的時候，停下了手，在他緊張的神情下，掀開褲腿，露出了他的斷處。

上次是偷看，這回她可是名正言順地細瞧了。

譚淵沒有去看她的神色，雙手握緊，等著她的反應。

左腿傳來溫熱又柔軟的觸感，他一驚，這才撐起上半身，朝她看去。

蘇如意的手正覆在上面，眼裡是顯而易見的心疼和溫柔。「當時，一定很疼吧？」

譚淵嗯了聲，那是他活了這麼久以來，最疼的一次，疼得他想著還不如死了。

蘇如意很輕柔地摸了摸，又趴回他的身上，主動去親他。

她的動作代表了一切，譚淵心柔軟成一片，翻身壓住她，喘息著道：「蘇如意，妳完了，妳這輩子都逃不了了。」

蘇如意輕笑出聲，更用力抱緊了他。「我才不想逃。」

自從譚淵真正和蘇如意坦誠相見後，就不在意她怎麼搗鼓了。

蘇如意順利地幫譚淵腿上的斷處翻了模，開始在他眼皮子底下動工，但他並不知道她做的是義肢。

周成的案子結了半個月後，出外走商的蔡月柏回來了。

他一到家，便被傳喚到縣衙。因為並非審案，所以也沒有升堂，大堂中只有翟勤和譚淵等著他。

翟勤說了周成的所作所為後，蔡月柏大驚，似乎並不知情。

翟勤問他。「周成跟你出門做生意，為何自己悄悄提前返回，難道是早有謀劃？」

蔡月柏連連擺手。「大人，草民實在是毫不知情啊。周成離開，是因為他剛出獄那些日子，日日流連煙花巷，竟染上了髒病，半路才查出來的。那時，他臉上都長斑了，就留下來看病。」

翟勤與譚淵頗為意外地對視一眼，譚淵將所有的線索都聯繫起來。

「如意一直納悶，周成都毫無顧忌地說出自己的身分，卻不肯露出臉；明明可以只抓如意，卻非要讓全村陪葬，還口口聲聲說要如意跟他一起死……原來如此。」

蔡月柏也覺得不可思議，雖然他吃喝嫖賭什麼都玩，但可真沒幹過這麼驚悚的事，而且周成看起來不像這麼瘋狂的人啊。

找到了周成為何突然瘋狂的原因，翟勤又問了蔡月柏幾個問題，得知蔡月柏那裡還有周成存的二百兩，直接沒收。這本就是貪來的錢，難不成還要留給牢裡的周志坤。

譚淵還特地去牢裡見了周志坤一面，順便把周成的噩耗告訴他。

得知剛出獄幾個月的兒子竟然死了，周志坤頓時雙目猩紅。這輩子，錢和兒子對他最重要，如今什麼都沒了，活著還有什麼意思？

「譚淵！」周志坤雙手抓著牢門的欄杆，不要命地往上撞，惡狠狠地怒吼。「我要殺了你！放我出去！」

獄卒連忙打開門，動手制住周志坤，半晌才出來對譚淵道：「他八成是瘋了，都開始胡言亂語了。」

譚淵冷笑了聲，如此倒也省心。

譚淵也去見了齊勇。因為男女是分開關的，他還不知道李氏也被抓了。

齊勇看見熟人，熟絡地搭話，還是想讓譚淵去求情，好放他出來。

既然外頭的人都知道真相了，譚淵便直接告訴齊勇，不只殷七娘和李氏的事，還有周成的死。

齊勇一下子消化不了這麼多，不可置信地盯著他。

譚淵冷笑。「你真以為你那明晃晃的心思能瞞過誰？周成夠謹慎了吧，還不是落得屍骨無存的下場。要不是看在大哥的分上，你以為我能如此輕易罷休？」

齊勇不由打了個寒顫，原來他們果真猜到了是他下的藥，他是中了他們的圈套。

譚淵不再跟他廢話，臨走前，又扔給他一個重量級消息。

「如意已經找到家人了，她是縣令夫人的外甥女。若你聰明些，以後永遠不要出現在如意面前，否則自有人會收拾你。」

齊勇震驚得無以復加，腦子裡除了後悔，就是害怕。

他被關了這麼久，吃了這麼多苦頭，再好色的人也清醒點了。更何況被譚淵這麼一嚇唬，他哪還敢有半分心思啊。

蘇如意竟是縣令的親戚，幸好是在他坐牢之後才相認，否則他不可能只被判一年。後怕的同時，他也下定決心，出獄後就離開青陽縣，再也不回來了。

蘇如意不知道這些事，兩間鋪子的新品也不急，便一門心思地做義肢。

模具是用石膏做的，樹脂做成柔軟有彈性的內壁，以免磨破斷處。小腿部很好做，但腳踝需要費些心思。

腳踝需要活動，她先把腳的模具做出來，也是用樹脂，裡面裝了木料支撐。

她用木頭試了很多次，想要非常靈活是不可能的，只能退而求其次，做了前後活動的轉軸。若想拐彎，得整個人都轉過去。

雖然會有些不自然和不方便，但也比枴杖要靈活十倍了。要不是她不能試，都想自己試試好不好用。

轉眼到了七月。

譚淵不是個特別浪漫的人，但碰上節日，該怎麼慶祝就怎麼慶祝，一樣都不會少她的。

幾次修改打磨後，蘇如意把義肢收起來，等著七夕。

七月七，中午吃飯時，譚淵一臉深意地看著她。「今晚縣裡有燈會。」

蘇如意表現有興趣的樣子。「那我們晚上去看燈？」

譚淵點點頭。「我訂好了船，妳做兩盞許願燈，我們晚上去湖邊放，然後坐船遊湖。」

蘇如意睨他一眼。「兩盞？你自己許願，也讓我來做，許了也不靈。」

譚淵沒想到她不幫他，愣了一下，無奈笑道：「妳知道我手笨。」

「那你跟著我做。既然是許願，心誠則靈，神仙才沒那麼俗氣，還計較好不好看。你沒誠意，願望也到不了菩薩耳朵裡。」

聽她說得一套一套的，譚淵趕緊投降。「好，下午我不去鋪子裡了，就跟妳學做燈。」

譚淵這一點，讓蘇如意很喜歡。雖然他是古人，卻沒有大男人主義。能做的，他都願意去做。

吃過飯，蘇如意找出材料，先用小的練手，做了兩盞燈。

譚淵看得差不多了，便試著自己做。其實步驟不難，難得的是做得好看。做了一個，譚淵覺得歪歪扭扭的，放棄了，重新做。

蘇如意俐落地做好了自己那一盞，等著他慢慢來。

譚星忽然在外頭喊她。「二嫂，我有幾針繡錯了，改不回去。」

蘇如意起身。「我去幫她弄一下。」

譚淵點點頭，還在埋頭苦幹。

第二個做好了，依然不行。

他只能放在一邊，研究了下蘇如意的，開始動手做第三個。

蘇如意做的是蓮花形狀的河燈，譚淵剪好彩紙，剛要黏，發現一盒膠已經被他用完了，只能起身去拿蘇如意的工具箱。

他記得，剛才蘇如意把膠拿出來擠，應該還有。

裡頭那個奇怪的包裝裡果然還有一點點膠，因為剩得不多，他沒往盒子裡倒，直接擠出來塗在彩紙上。

膠用完了，彩紙卻沒黏完，譚淵有些苦惱，又打開工具箱，想看看還有沒有其他能用的材料，卻大吃一驚。

剛才已經用完的膠，在同樣的空位上，又出現了一瓶一模一樣、滿滿的膠！

第四十五章

晚上吃過飯後，譚星不肯跟他們一起去，兩人便單獨出門了。

天色還沒黑，街上便熙熙攘攘，各種小攤販擺了一路。湊熱鬧的人也不少，有一家人出門逛的，有帶著孩子來玩的，更多的是一對一對的有情人。

白天蘇如意吃得不多，就是留著肚子吃零食呢，但買了沒急著吃，提在手裡，等著上船遊湖的時候享用。

譚淵跟在她後面，不時用複雜的目光看向自己的小妻子。

其實，她的異樣不只是這一處。他早就知道，也質疑過，但她不願說，或是糊弄過去。以往譚淵並不想深究，因為他自認看人看得很準，並不需要防備她。但今天她的工具箱實在太離譜，離譜得超出了他的想像。

若是讓別人看見，說是鬧鬼了也不奇怪。

他想起一些對蘇如意的好奇。首先是她的性情大變，但這個很好解釋，也談不上詭異。再來就是她的各種手藝，當時她的說詞，其實他也不怎麼信。

手藝好沒什麼奇怪的，但她做的新奇之物，市面上甚至都沒有，那些才是疑點。

若她的師父那麼厲害，怎麼沒見別的地方賣過這些東西？可見，並不是別人教她的。再加上今天工具箱的異狀，他幾乎已經可以確定，蘇如意的身分有古怪。

他抬頭，看著蘇如意被各種花燈照亮的側臉，小臉白皙，嘴角含笑，她的眸子始終清澈乾淨，不可能是心機深重或者別有所圖。他這條件，有什麼值得圖的？

不過，兩人一起經歷了生死，他對蘇如意愛如珍寶，不管她是什麼身分，有什麼目的，有什麼蹊蹺，他都會始終如一地愛她。

「來，吃一口。」蘇如意走得渴了，買了顆大蘋果啃，結果自己根本吃不完。

譚淵毫不嫌棄地在她咬了一小口的地方吃了一口，蘇如意縮回手，自然無比地又開始吃起來。

譚淵的目光溫柔下來。工具箱的事，他想破腦袋也想不明白，但那又如何？她不想說，就不說，只要她肯跟他過，他可以繼續裝聾作啞。

他呼了口氣，想通了，人也輕鬆許多。

兩人去湖邊，將寫了願望的許願燈放進湖中，隨水流飄遠。

蘇如意扭頭問他。「你許了什麼願？」

譚淵看她。「真要知道？」

蘇如意想了想，搖頭笑道：「不了，說了就不靈了，咱們去坐船。」

船是譚淵提早讓六子訂好的，在固定的地方等著。

兩人上了船後，周圍總算清靜下來。

蘇如意將一堆小吃放在船艙裡的小桌上，邊欣賞湖景邊吃。

譚淵招手。「坐過來。」

蘇如意挪過去靠著他，繼續吃東西。「你說，牛郎織女現在正做什麼？」

譚淵捏了捏她的耳垂。「一年只能見一次，妳說他們會做什麼？」

蘇如意愣住，反應過來後，瞪了譚淵一眼。「你可真會煞風景。」

譚淵好整以暇地說：「第一次見面就偷人家衣服，私定終身，妳還指望他多正經。」

蘇如意說不出話，沈默了一會兒，又道：「你覺得真的有牛郎織女？」

「有吧。」譚淵幽幽地說。

他不信鬼神，但今天他親眼見證了靈異事件，還用工具箱裡其他幾樣東西試了試，消失的東西會重新出現，讓他怎麼說出沒鬼神這種話？

蘇如意挺意外的，但也有幾分信，不然她怎麼能穿越？不然怎麼會有工具箱的存在？

她忽然坐起身，瞧著譚淵，半是認真、半是調侃道：「如果我是鬼，你怎麼辦？」

換成以前，她斷斷不會說出這種話。但現在她對兩人的感情有信心，而且今天她要送義肢給他，恐怕又要解釋一番。

蘇如意就知道他沒當真，也很不正經道：「本小姐是來解救眾生疾苦的。」

譚淵心裡一動，摸了摸她的頭頂。「鬼魂小姐來凡間有何貴幹，吸陽氣？」

「如何解救？」

蘇如意神秘一笑。「晚上回去，你就知道了。」

譚淵理所當然地誤會了，將人轉過來，在唇上輕咬一口。「吸陽氣也算解救？」

蘇如意紅著臉，掐他結實的手臂。「才不是那個。」

兩人又吃又鬧地坐船轉了一圈，覺得沒什麼意思了，才雇馬車回去。

譚星幫他們開門，蘇如意將一路上買的吃的玩的送給她，迫不及待拉著譚淵回屋。

等她拿著義肢進來時，發現床頭有一個紅色的精緻木盒，眼睛一亮。

「禮物？」

譚淵笑著說：「打開看看。」

蘇如意先把義肢放下，一臉開心地先拆自己的禮物。

東西不大，她以為是首飾，打開後，竟然是一塊……不，是兩塊玉珮。

玉質純淨透亮，綠汪汪的像是一潭清澈的水，頂端已經打孔，編好了穗子。

她一手提著一根穗子，取了出來。這玉珮是一對，也是一體，以太極的形狀對半切開，一面雕著竹，一面雕著花。

她一眼便明白了用意，她總喜歡說他像竹，她也很喜歡做各種絹花。竹是他，花是她，兩人相依相偎，天生一對。

這份禮物，無疑是他用了心的，蘇如意笑顏如花。「謝謝，我喜歡。」

「這編繩裡，有妳我的頭髮。」

「真的？」蘇如意這才仔細去看編繩，果真有黑色的髮絲。「你什麼時候拔的？」

譚淵輕咳一聲，不再多說，好奇地看著她靠在床邊的東西。「這是什麼？」

蘇如意將玉珮收好，將外面包著的布扯開，讓他自己看。「你能猜出來是什麼嗎？」

譚淵一時想不到，但想起他前些日子見過的石膏跟樹脂，又想起她在他的腿斷處搞的那些花樣，愕然抬頭。

「這……」

「猜出來了？」蘇如意比他還激動，掀開他的長袍。「快試試看。」

譚淵還是有些不可置信，看著她替他挽起褲腿，往斷處綁紗布，不由握住她的肩。

「這是什麼？」

「義肢。」蘇如意只幫他裹了薄薄兩層，以免太過臃腫，便將與他的腿形狀一致的義肢套上去。

當時就是按他的腿翻模的，當然十分貼合。她又用帶子將義肢的石膏處和他本身的腿固定住，然後眼睛亮亮地抬頭看他。

「快站起來走走看。」

譚淵僵硬又緊張，不相信真有這樣可以當成腿用的東西，心底卻又隱隱期待，因為蘇如意原就不普通不是嗎？

「真的行？」他的嗓子有些乾澀，不敢動彈。

蘇如意抿唇。「我不確定，我也沒做過。你試試，哪裡不行，我還能改。」

譚淵呼了口氣，一手撐著床沿、一手握著蘇如意的肩，借力起身。

義肢穩穩地站在地上，哪怕蘇如意鬆開手，他也不必藉助枴杖，就可以站穩。

他眼中閃過喜色，轉頭看向蘇如意。

蘇如意不急著讓他走，先是摸了摸他的斷處。「你先感受一下，有沒有哪裡會擠壓到，或者磨得腿疼？」

譚淵搖頭。「很合適，也很柔軟，就是有點不習慣。」

「不要緊，本來就是身外之物，習慣了便跟自己的一樣了。那你走走。」

蘇如意怕譚淵摔了，抬手虛扶著。

譚淵有多久沒有扔掉枴杖，只用自己的雙腿走路了？差一點不知怎麼邁步。

他感受著這條陌生的腿，不敢太出力，先抬起義肢，試著往前走動。

因為形狀合適，又跟腿綁在一起，他一抬腿，義肢自然也跟著抬起來。可一離地，他便感覺重心不穩，好像要摔一樣，忙伸手抓了蘇如意一把。

蘇如意對他笑道：「你這是不習慣，要把它當成自己的腿才行。」

不過，她沒再放開他。

「我先扶你走一圈，看看義肢靈不靈活，耐不耐重，然後你再自己慢慢練。」

譚淵果然心定了些，握著她的手，開始慢慢走起來。

蘇如意做得很用心，石膏和樹脂結實，用的也是上好的木料。以譚淵的本事，其實很快就能習慣，是他太緊張了。

果然，他繞著屋子轉了一圈後，已經可以自己走了。

蘇如意緊跟在後面，觀察義肢還有什麼不妥之處，譚淵卻是滿心激動和驚喜，越走越熟練，還越來越快。

「竟然真有能代替腿的東西。」他眼睛亮得宛若天上星辰，一把抱住蘇如意。「如意，妳真是天上的仙子吧，特意下凡來拯救我的。」

現在，什麼工具箱，什麼種種反常之處，他都不再糾結了，她分明是他的福星！

蘇如意感受著他強而有力又飛快的心跳，心裡的喜悅一點都不比他少。

其實，這義肢比起前世的來說，粗糙多了，也沒有那麼靈活，走路的時候還是有些僵硬和不自然。可是，若譚淵穿上外袍，別人看他，頂多就是個腿腳有些不便的人，根本想不到他沒了一條腿。

再讓她調整，她也無處下手，做不到更完美了。

她靠著譚淵的胸膛。「疼不疼？在家的時候還是脫下來，免得捂著斷處不舒服，出去的時候再戴。」

譚淵可捨不得脫，最起碼現在捨不得，抱著人坐在床上，仔細看了好幾遍。一向沈穩的他，恍若一個得到糖果的孩子。

「妳是怎麼想起做這個的？」他低頭問蘇如意，忍不住捧著她的臉，先狠狠親了一口。

蘇如意開心地靠著他的肩膀。「上回你跟周成打架差點出事，我怕以後再碰到這種事怎麼辦？你明明比他厲害，卻被這條腿拖累，這才做的。」

譚淵長長地呼了口氣，吻著她柔軟的長髮，他真是何其有幸。

「來，起來。」譚淵起身，拉她走到門口。

「怎麼了？」蘇如意茫然地站著。

譚淵驀地彎腰，一手抱著她的背、一手托住她膝蓋後的膕窩，將她穩穩抱了起來。

「啊！」蘇如意被他嚇一跳，忙摟住他的脖子。「放我下來，小心撐不住。」

「我心裡有數，結實得很。」譚淵貼著她的脖子。「我早就想這麼抱妳了，兩次新婚夜，我都沒做到。」

蘇如意的心頓時軟成一團棉花，腦袋在他胸口蹭了蹭。

「好，你抱我去床上。」

譚淵一步一步地朝床榻走去。多了一個人，肯定會有些壓力，但斷處只多了些擠壓感，並不會疼。

今夜，兩人過了一個最難忘又情動的七夕。

一早，蘇如意在譚淵的懷裡醒來，捏著他的手指玩。

譚淵幾乎立刻就醒了，先在她光潔的額頭上親了一口。

「醒得這麼早？」

蘇如意點點頭。「你真沒什麼想問我的？」

至今為止，她雖一直在用工具箱裡的東西，但都是謹慎地拿這個時代有，卻比這個時代品質好的材料在用，不會顯得太過離譜。

但樹脂這樣的東西，是這裡絕對沒有的。昨天她看見譚淵幾次撫摸義肢上的樹脂，神情明顯是疑惑的。

話說到此處，其實兩人已經心照不宣了。

譚淵摸了摸她的長髮。「妳想說，隨時可以告訴我，不想說也不要緊。我只想跟妳說明白，不管妳的秘密是什麼，哪怕妳真是鬼，我也願意讓妳吸陽氣。」

這話又正經，又不正經的，蘇如意笑了，依戀地貼著他的胳膊。

「不管你信不信，我不是這裡的人。或者說，我不是蘇如意。」

譚淵嗯了聲。「那妳是誰？」

「我生活的時代，是現在的千百年後，那裡沒有皇帝，沒有皇族，是一個人人平等的法治國家。女人也可以讀書，可以學手藝，工作賺錢。」

譚淵的眼神露出一絲意外。「做這些東西，就是妳的工作？」

「算是吧，這個工具箱是我在那裡的工作室的，我也不知為何它會跟著我來。我應該是熬夜太多死掉了，再醒來，就在這具身體裡了。」

譚淵覺得不可思議，卻又合理，否則真解釋不了那個奇異的工具箱。

「妳是成親那天來到這裡的？」按鄭曉雲她們之前的說詞，蘇如意就是那時候變了的。

「嗯。」蘇如意撐起身子看譚淵。「你也太冷靜了吧？你不覺得很嚇人嗎？」

「若妳剛來那天跟我說，我當然覺得嚇人，或許還會覺得妳瘋了。現在，就算妳告訴我，妳是仙女下凡，我都信。」

蘇如意懷疑地看著他。「你是不是覺得我胡說，逗我開心呢？」穿越這種事，以現代的思想和科技都理解不了，他一個古人的接受度也太良好了。

譚淵看向她案桌上的工具箱。「昨天我做燈的時候，從妳的工具箱拿東西了。」

蘇如意微微一愣。「你發現了？」

「嗯。」他抱住她。「那工具箱本就是神跡。我不在乎妳是從哪裡來的，身分是什麼，我只怕妳還會回去。」

譚淵低頭，認真地看著她的眼睛。「如意，說妳不會走。」

蘇如意這才信了，譚淵真的不怕她。「我不會走的。我覺得，這肯定是天意，是讓我來找你的。」

譚淵鬆了口氣，親著她的手指。「我就知道，妳是來拯救我的仙子。」

蘇如意向譚淵坦白了她最大的秘密，彷彿卸下了千斤包袱。

其他人，她可以不在意、不理會，但譚淵不一樣，他是她最親近的、要過一輩子的人。何況，以後她想隨心所欲地用工具箱，早晚瞞不住。

兩人漱洗後，譚淵自己將義肢戴好，站在半身鏡前整了整衣衫，抬頭挺胸出了門。
譚星還沒起床，蘇如意先去做早飯。剛將米下鍋，腰忽然從背後被抱住。
蘇如意還沒回頭，便彎了唇。「餓了？」
譚淵在她的臉頰上親了一下。「我發現，果然還是有腿方便。以前好多想做的事，都做不了。」
見譚淵像一個炫耀新玩具的孩子一樣，蘇如意忍不住後悔，怎麼沒早點想起來做義肢。
譚星剛起來，正要來廚房幫忙，就看見有個男人背對著她，抱著蘇如意。
因為這人好好地站著，她根本沒想到是譚淵，更沒細看，衝過來就要打人。
「你是誰？放開我二嫂！」
譚淵忙轉身，一把抓住撲過來的妹妹，哭笑不得。「我抱妳二嫂，妳也管？」
譚星愣住，傻傻地打量著他的腿。「二哥，你的腿長出來了？」
「噗！」蘇如意忍不住笑出聲，真是個傻姑娘。
譚淵掀起衣袍。「嗯，是妳二嫂幫它長出來的。」
譚星自然一眼看出這定是蘇如意做的，先是驚奇地摸過，然後忽然捂著嘴哭了。
「傻丫頭，哭什麼？」譚淵揉了揉她的頭髮。

譚星撲過去抱住蘇如意。「二嫂，妳太好了，妳太厲害了！謝謝妳！娘知道了，一定高興得不得了。」

譚淵哄好了她，笑著道：「咱們今天回村。」

他迫不及待地想讓家人跟朋友們看見，他又可以走了。但他更想讓大家知道，他有一個多好的妻子。

第四十六章

五年後，青陽縣。

「你快些，別去遲了。」蘇如意催著換衣裳的譚淵。

譚淵一邊扯長衫、一邊寵溺地抱著女兒。「那妳還不快把月兒抱出去？」

他的懷裡有個三歲大，梳著兩根沖天辮，一身紅裙的小女孩，正捂著嘴，黑溜溜的眼睛亂轉。

「爹爹，您抱我。」小女孩漂亮得不得了，乍一看，簡直是蘇如意兒時的翻版。但細看，她那雙漂亮的鳳眼完全隨了譚淵。

譚淵抬手捏了捏她鼓起來的小臉蛋。「誰讓妳偷吃糖，現在怕妳娘罵了？」

譚傾月剛想說話，蘇如意已經穿戴好，進來抱她。

「月兒，不許鬧妳爹爹。妳不是想小姑了嗎？」

譚傾月到了親娘懷裡，一把抱住她的脖子，緊張地別過臉，沒讓蘇如意看見她的正面。

譚淵無奈搖頭。「娘和星星怎麼還沒到？」

「應該快了。」

蘇如意話音剛落，院門就被敲響，趕緊抱著孩子去開門，果然是周氏和譚星。

「二嫂。」譚星特意打扮過了，一身水藍色繡花長裙，勾勒得身材玲瓏有致，髮髻上簪著蘇如意送的金簪，戴著一對珍珠耳環。

「今天真漂亮。」蘇如意笑著誇道。

她還記得自己剛見到譚星的時候，偏瘦偏黑，膽子也沒多大。後來，家境好了，譚星也長大了，五官清秀，又在她的教導下，會保養、打扮了，臉蛋白嫩，水靈靈的，儼然一朵待開的花。

譚星笑嘻嘻地一把接過譚傾月。「我們家月兒想小姑了沒有？」

譚傾月剛要說想，猛的想起自己嘴裡還有糖，忙慌張地用兩隻小手捂住嘴。

蘇如意這才發覺不對勁，瞪她一眼。「譚傾月，妳又偷吃糖。」

譚傾月忙伸出胳膊找周氏。「祖母抱！」

周氏寵愛地接過孫女。「怎麼又惹妳娘生氣？」嘴上說著，抱著她往屋裡走了，蘇如意自然不好再發作。

譚星親熱地挽著蘇如意的胳膊。「我看，還是我跟娘去就行了。」

蘇如意詫異。「為什麼？」

譚星嘆了口氣。「二嫂比我大幾歲，月兒都這麼大了，跟我站一起，卻跟十八歲似的，又比我長得好看。到時候，人家越過我，直接看上妳了怎麼辦？」

蘇如意給了她一記栗爆。「越來越貧嘴。」

譚星笑嘻嘻的，進去找譚傾月玩了。

蘇如意準備著要帶給翟勤和袁氏的節禮。

今天是中秋，袁氏叫他們一家子去吃飯。同去的，還有前兩年來青陽縣投奔翟勤的堂弟一家。

袁氏跟她說了，翟勤堂弟家有個兒子，今年二十一歲，是個書生，模樣端正，人也老實，他們都挺喜歡的，想幫譚星牽紅線。

譚星跟蘇如意待在一起久了，越來越自信，也越來越有主見。以村裡來說，女孩子十五、六歲就可以說親，她硬是拖到十八歲，說沒碰見喜歡的就不嫁。

譚淵也著急，蘇如意便應下了，今天就當隨意吃頓飯，讓兩人先見面。

收拾好，一家人坐著馬車去了翟家。

這幾年，兩家走動越發頻繁，關係也親近，管家開門將他們迎進來，蘇如意問了句。

「其他客人來了嗎？」

管家回答。「正在大堂與老爺說話呢。」

蘇如意點點頭，拍拍譚星的手。「別緊張，要是覺得不合眼緣，便冷淡一些，人家就明白了。」

譚星搖頭，她才不緊張呢。

他們一進去，待在大堂的幾人便站了起來。

翟凌雲已經是個十二、三的小少年了，快走幾步過來招呼他們。

「表姊，表姊夫。」

蘇如意笑著摸了摸他的腦袋，和譚淵將節禮放在桌上。

袁氏笑著介紹翟勤堂弟一家，蘇如意也在默默打量他們。

翟勤的堂弟今年四十多了，聽說妻子已經病逝兩、三年，那他旁邊的年輕男子，就是譚星的相親對象了。

蘇如意正想著呢，袁氏拉了年輕男子過來。「這是翟唐，今年才二十一歲，就考中秀才，又聰明、又好學。瞧瞧，長得也不錯呢。」

翟唐白白淨淨的，被袁氏這麼一誇，臉頰有些泛紅。

蘇如意一看，還真是純情，看來小姨說他一心埋頭讀書，根本沒什麼風流債是真的，便轉頭去看譚星。

譚星也好奇地盯著翟唐看，倒像她才是男方似的。

蘇如意笑著介紹。「這是我家小姑子，叫譚星，心靈手巧，性格也開朗。這些年跟著我幹活，都在縣裡買了套小院子呢。」

兩個孩子飛快對視一眼，翟唐禮貌地向譚星點點頭，又偏過頭去。

袁氏笑道：「行了，時辰還早，你們幾個年輕人去後院轉玩玩，等開飯了再叫你們。」

蘇如意心領神會，拉著譚星和翟凌雲走在前頭。

譚淵抱著譚傾月，和翟唐跟在後面。

後院的涼亭裡擺了瓜果跟點心，幾人圍著桌子坐下。

這是譚淵的妹夫人選，他自然也上心，藉著聊天套出不少話來。

他們一家都是讀書人，只是翟唐的父親沒有翟勤的本事，並未考取功名做官，便開了間學堂，也辦得有聲有色。論起家世，那是完全不委屈譚星的。

人家能來相看，一是看翟勤跟袁氏的面子，二是看在譚淵和蘇如意的面子上。

這五年來，譚淵與蘇如意不僅將萬寶肆和紅袖閣做得越來越大，還從商鋪變成鄰近十幾個縣的最大供貨商。

他們家的東西品質好，又有大量新品，不管進多少都不愁賣。

蘇如意作主，在縣裡多買了間宅子，名義上是送周氏的，但大房跟著住進去，他們也沒管，一家三口仍舊住在之前買的院子裡。

五年過去，兩人也攢了萬八千兩，以後的錢途不可限量，譚星自然不必在翟家人面前矮一頭。

譚星剝著瓜子，認真地聽他們說話。

沒一會兒，譚傾月坐不住了，指著後院的池子，奶聲奶氣地喊：「捉魚，魚魚。」

譚淵笑著起身。「好，咱們捉魚去。」

翟凌雲吩咐管家準備三副漁具，大家在池邊坐下，開始釣魚。

譚淵要時刻看顧女兒，蘇如意便替他捉著魚竿。翟凌雲大了，自己握著就行。

另一邊，翟唐便挨著譚星一起釣了。

剛才一起說話還好，現在兩人待在一處，翟唐又有些拘束了，看著有幾分書呆子樣。

譚星歪頭看他一眼。這人比她高出半個頭，瞧著比她還白些，一身青衫，氣質翩翩，模樣也算好看，她不討厭。

「以後你也想考功名做官嗎？」譚星問。

翟唐飛快看她一眼，連忙搖頭。「不想。」

譚星納悶。「你不想做官，那念書幹什麼？」

翟唐看著手裡的魚竿，道：「我也想學我爹，當先生教書育人，還想自己著述。」

「自己著述……」譚星張著小嘴，有些詫異。讀書人在她心裡，已經很厲害了，這人居然還要自己寫書。

「好厲害啊。」譚星毫不掩飾自己的驚訝與讚賞。

翟唐的臉又是一紅。「沒妳厲害，妳都能自己賺錢買房了。」

譚星覺得她是沾了二嫂的光，她很少跟讀書人往來，但翟唐不管模樣還是彬彬有禮的談吐，都讓她挺順眼的。

她直接問道：「以前你沒有心儀的姑娘嗎？」

翟唐搖了搖頭。「以前光顧著讀書，這次是我爹說我不小了，非要張羅的。」

「非要張羅的？」譚星抿唇。「這麼說，你是不願意了？」

翟唐聽出她語氣中的一絲不悅，忙道：「不是。以前也相看過兩個，就是覺得不太投緣。」

譚星知道自己不是溫柔賢慧的類型，周氏還老說她越來越瘋，以後怎麼嫁人？大概更難入讀書人的眼了。

她不想浪費時間白費心力，直接了當地問：「你看我如何？」

翟唐沒想到她如此直接，先是驚詫地看她一眼，才握緊了魚竿。

「姑娘貌美活潑，自然是很好的。」

譚星笑了笑。「我也覺得你挺不錯的。若你覺得我們可以繼續相處，以後就多見面；要是覺得不合適，你也直說，免得他們為我們操心。」

翟唐本來是想跟長輩們先通氣的，孰料譚星如此膽大。又轉頭看了眼她乾淨白嫩的小臉和亮汪汪的眼眸，他慢慢伸手從袖中拿出一件東西。

「這是什麼？」譚星接過小木盒，好奇道。

這下，翟唐不好意思抬頭看她了，低聲道：「這是我挑選的小禮物，買了很久。從頭一回相看開始，我便決定相中了就送出去。」

譚星剛好打開，看見一枚雕刻花紋的銀戒，不由詫異，轉而笑道：「謝謝，那我就不客氣了。」

但她之前沒想著能遇見合適的人，沒帶禮物，遂在腰間摸了一把，將自己親手繡的香囊摘下來。

「來而不往非禮也，給你這個。」

翟唐紅著臉接過，不細看便放入袖中。

兩人飛快地交換了訂情信物，管家來喊他們吃飯的時候，暗暗觀察著兩人的神色，但不好多問。

等蘇如意他們先走後，袁氏剛要開口，翟唐便點頭道：「我看她挺好的。」

翟唐的父親也覺得小姑娘大方伶俐，兒子終於開竅了，自然沒什麼不願意的，當下就決定回去準備聘禮。

翟唐和譚星的親事訂在了還沒冷起來的十月。

男方是縣令的親戚，女方是縣令夫人這邊的親戚，再加上蘇如意和譚淵做生意的人脈，辦得熱鬧極了。

蘇如意幫著操持女方這邊。譚淵身為哥哥，要去送親，去了男方那邊。

蘇如意招呼女客。她的繡房越來越壯大，現在已經有七、八十個繡娘，便全請來幫忙。

吃完筵席，她一個一個將人送出門。

鄭曉雲和六子早已成親，現在兒子一歲了，睏得不得了，早就睡著了。

蘇如意攙著殷七娘的手，小心地送她到門口。

吳泰早就殷勤地等著了，扶好挺著七、八個月孕肚的殷七娘上車，向蘇如意點點頭，便告辭回去。

忙完後，蘇如意覺得腿都要累斷了。

從男方家回來的譚淵，先將寶貝女兒哄睡，便過來給替她揉腿。

「辛苦妳了。」

蘇如意吁口氣。「星星也嫁出去了。現在，真沒什麼要操心的事了。」

譚淵低頭在她嘴角親了一口。「要不，再幫月兒生個弟弟或妹妹，讓妳操心操心？」

蘇如意推他一把。「要生你生，我暫時不想。」

譚淵吹了油燈，抱著她滾進床榻。

「行，生不生妳說了算，但我今夜也要再當一回新郎。」

蘇如意的呻吟聲漸漸從帳裡傳出來，渾渾噩噩中想著，其實再生一個也不錯。

——全書完

2023年7月出版

妝點好日子

文創風 1180～1182

女子無論身處於怎麼樣悲苦的境地，
若打扮得漂亮體面，心情都會好些。
多了一抹顏色，就能為生活帶來希望！

妝點平凡瑣事，編織濃厚深情 ／顧紫

賀語瀟慶幸上輩子是化妝師，所以這世還能走妝娘這條路，
在嫡母為她挑選婚配對象之前先壯大自己，爭取一點話語權。
於一場妝娘因故缺席的婚宴中，她把握住機會出頭，
卻也莫名被忌妒的少女盯上了，挨了頓臭雞蛋攻擊……
不過是因那日新郎好友，京中第一美男、長公主獨子——傅聽闌，
借馬車送她這個妝娘回家，她一個從四品官庶女不可能也沒想要攀！
不過另類攀高枝嘛……做生意又能利民的單純金錢交易她倒不排斥。
所以開了妝鋪後，她藉由傅聽闌的商隊將面脂平價銷往乾燥的邊疆，
平日除了賣胭脂、面脂、化妝刷具，她妝娘的手藝也打響了名號。
事業得意，感情方面，她與入京投奔嫡母、準備秋闈的遠房表親初識，
這人舉止有度、懂得體恤女子生活難處，她便不排斥對方守禮的示好，
誰知這人竟是要她當妾？真是不要臉的小人，還不如傅聽闌低調為民呢！
不過傅聽闌還真是藍顏禍水，逛個集市都能被姑娘使計碰瓷要蹭馬車，
看在他是她的生意夥伴，眼見他有名聲危機，只好換她出車相助嘍～～

2023年7月出版

老古板的小嬌妻

文創風 1177~1179

穿越成被夫家集體霸凌的小媳婦，新時代女性簡直不能忍。
她硬起來要求和離，包袱款款回家當她的大小姐去。
結果娘親生怕她大齡滯銷，整天催婚，
開玩笑，不婚不生，幸福一生！人不能笨第二次——

妙趣橫生，絲絲甜蜜 ／清棠

顧馨之一覺醒來，發現自己穿越成功臣孤女，已婚。
欺她娘家無人撐腰，丈夫厭棄她，婆婆苛待她，
就連府中下人都能踩在她頭上，當真是活得不能再憋屈。
氣得顧馨之一把揪住渣男丈夫的領子，逼他簽下和離書，
她大小姐揮揮衣袖，不帶走一點嫁妝，下鄉重溫農莊樂去了。
只是快樂的單身生活才過沒幾天，當初替她主婚的謝家家主，
竟帶著她的前夫登門謝罪，要她重回謝家當大少奶奶，
顧馨之看著眼前嚴肅正直的謝家家主——謝慎禮，
靈機一動，語出驚人的要求他娶她，她才願意回去！
果然嚇得這循規守禮的讀書人大罵荒唐，氣沖沖走了。
誰知，她親娘卻把她的胡言亂語當真，亂牽紅線——
別別別，她才沒有想嫁給那個老古板呢！
可他竟當著滿朝文武百官的面承認，是他違禮背德，心悅於她。
讓她一下成了京城的大紅人，眾人圍觀的焦點——
顧馨之傻眼了，這、這，不嫁給他，好像不能收場啊？

2023年7月出版

一縷續命

文創風 1175~1176

既然重活一世，就要好好達成自己的任務……
儘管不明白為何亡故之後沒有墜入因果輪迴，
但是該向哪些人展開復仇大計，她卻是再清楚不過！

情境氛圍營造達人／鍾白榆

十歲的顧嬋漪不知人心險惡，傻傻地被送到寺廟苦修；
過了七年，她看清局勢卻為時已晚，就這麼在深秋寒夜被滅口。
幸好老天給了機會，讓她的魂魄附在親手為兄長編的長命縷上，
伴他在邊疆弭平戰亂，直到他不幸遭奸佞害死；
又許她以靈體之姿陪在他們一家的恩人──禮親王沈嶸身旁，
看著他為黎民百姓鞠躬盡瘁，默默燃盡生命之火。
如今，顧嬋漪回來了，她要向那些用心險惡的人討回公道，
而沈嶸不僅搶先一步安排好所有細節，讓她能守護自家兄長，
那句「本王護得住妳」，更令她闖出自己的一片天。
可當她發現沈嶸跟自己一樣是「歸來」的人時，頓時呆住了……

願得一心人，白首不相離／灩灩清泉

2023年6月出版

棄婦超搶手

前世她的婆婆面甜心狠，慣會演戲，害她吃盡苦頭，
此人甚至設計栽贓她與人偷情，將她休棄，
她被娘家厭棄，最終都沒能洗刷清白，含冤死在了庵裡，
幸而上天垂憐，讓她重生回到了議婚之前，
這一次，說什麼她都得拒了婚事，避開淪為棄婦的命運才成！

文創風 1169 **1**

因過人的美貌，江意惜在一場桃花宴上被忌妒她的女眷陷害，跌入湖中，
情急之下，她胡亂拉住了站在旁邊的成國公府孟三公子，兩人雙雙落水，
事後，滿京城都在傳她心眼壞，賴上有潘安之貌、子建之才的孟三公子，
由於江父是為了救他們孟家長孫孟辭墨而死在戰場上，老國公心存感激，
於是乎，老國公一聲令下，孟三公子不得不捏著鼻子娶她回家以示負責，
婚後，孟家除了老國公及孟辭墨，上至主子、下至奴僕，無一人善待她……

文創風 1170 **2**

順利拒了前世那樁害慘她的婚事後，江意惜住到西郊扈莊辦了兩件要事，
其一是助人，助的是因故在扈莊附近的昭明庵帶髮修行多年的珍寶郡主，
小郡主不僅是雍王的寶貝閨女，更是皇帝極寵愛的姪女，太后心尖上的孫女，
這麼明擺著的一根粗大腿，今生她說什麼都得結交上、好好抱住才行！
其二是報恩，前世對她很好的孟辭墨和老國公就住在西郊的孟家莊休養，
她得想辦法醫好他近乎全瞎的雙眼，扭轉他上輩子的悲慘結局！

文創風 1171 **3**

江意惜一直都知道閨中密友珍寶郡主的性格獨特，還常語出驚人，
但說天上的白雲變成會眨眼的貓，這也太特別了吧？她怎麼看就只是雲啊！
下一瞬間，有個小光圈從天而降，極快地朝郡主臉上砸去，
結果郡主猛地出手揮開，那光圈就落進正驚訝地半張開嘴看著的江意惜嘴裡！
之後她竟聽見一隻貓開口說牠終於又有新主人，還說她中大獎，有大福氣了，
雖聽不懂牠在說什麼，不過她都能重生，有一隻成精的貓似乎也不足為奇？

文創風 1172 **4**

貓咪說，牠是九天外的一朵雲，吸收了上千年日月精華之靈氣才幻化成貓形，
牠說牠能聽到方圓一里內的聲音，能指揮貓、鼠，還能聽懂百獸之語，
最厲害的是牠的元神——在她腹中的光珠，及牠哭時會在光珠上形成的眼淚水，
江意惜能任意喚出體內的光珠，並將上頭薄薄一層的眼淚水刮下來儲存使用，
用光珠照射過或加了眼淚水的食物會變得美味無比，還能讓大小病提早痊癒，
如此聽來，這兩樣寶貝說是能活死人、肉白骨都不誇張，上天真是待她不薄！

文創風 1173 **5**

前世硬攀高門的她天真地以為終於苦盡甘來了，結果卻早早結束可悲的一生，
重活一世，憑藉著前世所學的醫術及眼淚水，江意惜成功治癒了孟辭墨的眼疾，
在醫治他的期間，她不但成為老成國公疼寵的晚輩，還與孟辭墨兩情相悅，
有了郡主這個手帕交，孟辭墨又讓人上門求娶，勢利的江家人便上趕著巴結她，
正當她覺得一切都在往好的方向發展時，雍王世子卻橫插一腳，想聘她為妃！
所以說，她這個前世的棄婦，如今竟搖身一變，成了搶手的香餑餑嗎？

文創風 1174 **6** 完

國公夫人付氏，江意惜兩世的婆婆，此人看著溫柔慈愛，其實慣會演戲，
不僅裡裡外外人人稱讚，還把成國公迷得團團轉，讓孟辭墨在府中孤立無援，
幸好，她這個重生之人早知付氏的真面目，且身邊又有小幫手花花相助，
夫妻二人攜手，努力揭穿付氏的假面具，終於老國公也察覺了付氏的不妥，
豈料深入調查之下，竟發現付氏不但歹毒，身上還藏有一個驚人的秘密……

風 文創

1184

飾飾如意 下

國家圖書館出版品預行編目資料

飾飾如意 / 觀雁著. --
初版. -- 臺北市 : 狗屋出版社有限公司, 2023.08
冊 ; 公分. --（文創風 ; 1183-1184）
ISBN 978-986-509-445-4（下冊 : 平裝）. --

857.7 112011056

著作者 觀雁
編輯 安愉
校對 陳依伶
發行所 狗屋出版社有限公司
地址 台北市104中山區龍江路71巷15號1樓
電話 02-2776-5889～0
發行字號 局版台業字845號
法律顧問 蕭雄淋律師
總經銷 知遠文化事業有限公司
電話 02-2664-8800
初版 2023年8月
國際書碼 ISBN-13 978-986-509-445-4

本著作物由北京晉江原創網絡科技有限公司授權出版

定價280元
狗屋劃撥帳號：19001626
網址：love.doghouse.com.tw E-mail：love@doghouse.com.tw